वापसी इम्पॉसिबल

उपन्यास

सुरभि सिंघल

यूपी में जन्मी और पली-बढ़ी सुरभि सिंघल इन दिनों देहरादून की वादियों में स्थायी रूप से ज़िंदगी जीने में लगी हैं। पहला उपन्यास 'फीवर 104°F' कुछ समय पहले ही आया है जो अपनी पहचान बना रहा है और इसी के तहत पाठकों ने इन्हें उम्दा लेखिकाओं की गिनती में रखना शुरू कर दिया है। आप फार्मा केमिस्ट्री से पोस्ट ग्रेजुएट हैं और केमिकल में फिलॉसफी ढूँढ़ते-ढूँढ़ते दूसरा उपन्यास लिख चुकी हैं। नज़ारों को कैद करने की शौकीन हैं जिसके चलते खुद-ब-खुद पहाड़ों तक खींची चली आयी हैं। 'वापसी इम्पॉसिबल' इनका दूसरा उपन्यास है। सोशल मीडिया पर सक्रिय रहती हैं। खोजेंगे तो आसानी से मिल जाएँगी।

वापसी इम्पॉसिबल

उपन्यास

सुरभि सिंघल

वापसी इम्पॉसिबल (उपन्यास)
© सुरभि सिंघल

मूल्य भारत में   : ₹ 150
मूल्य विदेश में   : $ 10

प्रकाशक   : **रेडग्रैब बुक्स**
                942, मुट्ठीगंज, इलाहाबाद-3 उत्तर प्रदेश, भारत
                वेबसाइट - www.redgrabbooks.com
                ईमेल - contact@redgrabbooks.com

ISBN   : 978-93-87390-47-8
आवरण   : श्री कम्प्यूटर्स, इलाहाबाद
टाइप सेटिंग   : श्री कम्प्यूटर्स, इलाहाबाद
मुद्रक   : रेप्रो नॉलेजकास्ट लि., ठाणे
संस्करण   : प्रथम, अगस्त 2018

मेरे जीवनसाथी, शुभम अग्रवाल को शुक्रिया
जिन्होंने इस किताब को आप तक
पहुँचाने में मेरी हरसम्भव मदद की।
उनके सहयोग के बिना ये संभव न हो पाता।

प्रस्तावना

उपन्यास अपने मुख्य पात्र सुरम्या पर केन्द्रित है। सुरम्या के अपनों के आदर्शों ने उसकी ज़िन्दगी की बेबूझ बलि चढ़ा दी... अपने समाज, अपने सम्मान और खुद के अभिमान के खोखलेपन से बने चोंगे को पहनकर।

उसकी ज़िन्दगी की पहली प्रेरणा उसके पिता, जिन्होंने उसे इतने सालों किये गये लाड़-दुलार और पढ़ाई-लिखाई की दुहाई देकर अपनी झूठी शान, समाज में बैलेंस करने के लिए उसे शादी का नाम देकर एक ऐसे अन्जान बिस्तर पर भेजने की तैयारी कर दी, जो उसके लिए जहन्नुम था।

दूसरी तरफ उसकी दूसरी प्रेरणा, उसका वो प्यार, जिसने हमेशा उसे सँभाला था, उसकी आँखों के सामने देखते ही देखते उसे दुत्कार कर उसे ज़िन्दगी की एक कड़वी सच्चाई सिखा गया, कि बुरे वक्त में कोई साथ नहीं होता है, किसी का कंधा तुम्हें अपनापन नहीं दे सकता; ये अंतिम लड़ाई खुद की होती है, खुद से होती है और खुद के लिए होती है।

इस बीत चुके वक्त से सीखकर, अब सुरम्या जिस मोड़ पर आकर खड़ी हुई, वहाँ से ज़िन्दगी का रास्ता तो तय था, पर मंज़िल नहीं। आखिर क्या रही उसकी दर्द-भरी ज़िन्दगी... पढ़िये।

अनुक्रम

छत के बगल वाला कमरा

''ओके बेटा, चलते हैं हम फिर – पापा ने मुस्कराकर सर पर हाथ रखा और निकल गये।

''जी पापा'' मैंने कहकर घर का दरवाजा बंद किया और छत की तरफ भागी, जहाँ से झाँकते हुए पापा और मम्मी की गाड़ी को एकटक तब तक निहारती रही मैं, जब तक वो आँखों से ओझल नहीं हो गये।

सुबह का सुहाना, हल्की फुलकी बूँदा-बाँदी भरा मौसम था ये, जिसमें रविवार के दिन पापा और मम्मी आज फिर मेरे लिए लड़का देखने जा रहे थे। ये खास दिन यूँ ही चुना नहीं गया था, बल्कि कुछ खास कारणों को ध्यान में रखते हुए इस दिन की गुणवत्ता अपने अलग मायने बना देती है, जिसमें इस दिन सभी सर्विस वर्ग के लोगों की छुट्टी होना अपने आप में जरूरी बातों में आता है। जाते वक्त बेचैनी और घबराहट के मिले-जुले भाव उनके चेहरे पर मैंने महसूस किये, जो हमेशा देखने में आते थे, जब वो मेरे लिए किसी को देखने जाते हैं।

परिवार छोटा था, लेकिन कुल मिलाकर परिवार में सब थे मेरे। एक

छोटी बहन आसमां, मेरी मम्मी और पापा; साथ ही पापा के भी मम्मी और पापा। कान्वेंट में पढ़े हम, मोहल्ले में इज्जत रही और बड़े-बड़े परिवारों में पापा का आना-जाना भी... इसी लिहाज़ से हमारे दोस्त भी बहुत बने। घर में काफी खुला माहौल मिलने की वजह से स्वच्छन्दता मेरे खून में समा चुकी थी। पापा ने हर ख्वाहिश पूरी की, जहाँ तक बन पड़ा; लेकिन ये बात एक अंतर्जातीय लड़के से शादी की थी। जिद थोड़ी अलहदा रही और माना जाना नामुमकिन था। समाज की जोरदार दुहाइयों के साथ लड़का देखकर शादी की प्रक्रिया को आगे बढ़ाने की कवायद जोरों पर थी। इन सबसे अभी तक की हास्यपद बात ये थी कि इस बार वाला लड़का हलवाई था, जिसके बिजनेस से मेरे साथ-साथ घर में हर एक को समस्या थी; लेकिन जहाँ बात मुझे रफ़ा-दफ़ा करने की आये, वहाँ सब जायज था।

"क्यों भई! हलवाइयों के भी आजकल इतने-इतने पैसे लगाकर रिश्ते होने लगे हैं क्या?" – दादाजी ने हमेशा की तरह अपने मन गुन की अलापने और सबके विचार उस पर सुनने के मिले-जुले इरादे से सवाल उठाया, तो झाड़ू लेकर कमरे की तरफ बढ़ते मेरे कदम ठिठक गये।

"किस्मत से बढ़कर है ही क्या; जहाँ नसीब होगा लड़की जाएगी तो वहीं ना।" – दादी ने कहा, जो दादाजी के सवालों के साथ लड़ने में पूरा जोर लगा रही थीं।

"होनी को टाला नहीं जा सकता दादू।" – मेरे अंदर से भी कुछ शब्द फूटकर बाहर जगह हासिल करने में कामयाब हो गये।

"हाँ, हो जाए तब ही तो है।" – दादी ने रोते अलपते से राग में कहा।

"आज का ये तेहरवाँ लड़का देखने गये हैं इसके मम्मी-पापा; देखो क्या होता है।" कहकर दादू अपने अख़बार में बिजी हो गये और मैं झाड़ू लगाने के साथ-साथ अपने मन के खौलते तेल में एक के बाद एक आकर पड़ रही उतावली पकौड़ियों के जैसी बिखरी-बिखरी यादों में।

घर का काम खत्म करके मैंने पहले घड़ी के 11 बजने के सिग्नल को सुना; फिर फ़ोन की तरफ देखा, जिसमे मैसेज तो कोई नहीं था, पर पहली रात 2।: 30 बजे के अनुसार की प्रोफाइल खुली थी, जो सामने आ गयी।

लास्ट सीन कल का ही था, जो शायद फिर मेरा कोई मैसेज न पढ़ना पड़ जाए, इसलिए नहीं खोला गया था। एक और बार दुगुनी कोफ़्त हुई मुझे.. मुझसे पीछा छुड़ाने के लिए कोई इतना बेताब है।

जहाँ अभी मैं पहुँच चुकी थी, वहाँ से मेरे सामने अब यही रास्ता था। वो, जिस पर बढ़ने का मन मैंने बहुत पहले भावनाओं में बहकर बनाया था... मेरी अकेली भावनाएँ, जो शायद मुझसे भी ज्यादा तनहा थीं। मेरा साथ देने के लिए तो अब कोई भी नहीं था, इसलिए मेरी मनोदशा उस पानी की बूँद जैसी थी जो खौलते तेल में गिरने तक अपना अस्तित्व बचाने की कोशिश में छटपटा रही हो। अनुसार ने आज कुछ अपडेट किया था, जो मेरे लिए हमेशा की तरह समन्दर में उठने वाली वो हलचल था, जो तूफान हमेशा डराने के लिए पैंतरे के तौर पर अपनाता है।

''ओह्ह! ये क्या कमेंट्स हैं मेरे लिए..'' – मन ही मन माथे पर सलवटें डालकर मैं बड़बड़ाई, जिसके दो फायदे थे... पहला, अनुसार को आवाज़ न जाना और दूसरा, खुद मुझ पर लगे उन इल्ज़ामों से कुछ देर के लिए दूर भाग आना, जो असल में अलग मायने ले रहे थे।

मैं अभी भी बातें मन ही मन किया करती थी। कभी-कभी अपनी खुद की शक्ल पर तरस आता; जो भयावह होता था मेरे लिए और कभी किसी की कही वो बात याद आती, जिसमें बताया गया था, खुद से बात करने वाले ज्यादा बुद्धिमान होते हैं। अक्सर बुद्धिमान खुद से बातें करना पसंद करते हैं; दूसरों से नहीं।

दो बातें यहाँ भी लगे हाथ लागू हो जाती थीं। मेरी ख़ुशी किसमें थी और चीज़ें कितनी मेरे हिसाब से हो रहीं थी। अब बातों के सिलसिले में बाद वाली बात तो चाइनीज फ़ूड को भी हज़म करा देने में कारगर साबित कर ही लेनी थी मैंने यकीनन... लेकिन पहली वाली बात का क्या? ''उसके तो कूटे का कोई छना ही नहीं नजर आ रहा था।''

कब सुबह, बदलकर शाम का रूप लेने लगी, पता ही नहीं चला। रोज की तरह मेरी जिन्दगी का एक और दिन यूँ ही जाया चला गया। दिन में एक और शाम जुड़ गयी, जब पापा वापस आये।

शक्ल देखकर कुछ कहा तो नहीं जा सकता था उनकी, पर इतना जरूर था, कुछ अलग तो रहा है वहाँ – मेरे दिमाग के कीड़ों ने फिर अपनी जगह छोड़कर इधर-उधर कुलबुलाना शुरू किया ही था, कि पापा की आवाज़ की घंटी कानों में बज पड़ी।

''देखो जी, हलवाई हैं, मिठाई का बहुत बढ़िया काम धंधा है; लड़के हैं 2, ये है बड़ा, छोटा करता है पल्लेदारी'' – पापा बोलना शुरू हुए और हम सब टकटकी लगाकर उनका मुँह देखना।

इसके बाद रुककर उन्होंने मेरी तरफ देखा, तो मैं पानी लेने भागी, जिसके दो घूँट से गला तर करने के बाद वो फिर से मंच पर अपनी बात आगे बढ़ाने लगे।

''हाँ, तो मैं कह रहा था, महाशय पढ़े हैं बी.कॉम. तक; लड़की चाहते हैं फुल हाउसवाइफ। घर परिवार काफी गुंजाइश वाला लगा; नाश्ते में प्लेटें भी पूरी 14 लगायी थीं हमारे लिए'' पापा कहकर कुछ अटके, मानो सोच रहे हों, कुछ रह तो नहीं गया बताने से।

दादू की जिस ग्रैंड एंट्री के इंतजार में मैं थी; वो पल अब आया, जब दादू थोड़ा खाँसे (आमतौर पर घरों में बड़े कढ़े बातचीत शुरू करने का यही तरीका होता है)

देखो जी! हम तो बस एक बात कहेंगे– ''दादू का वही हर बार वाला पुराना तरीका एक बार फिर बत्ती-सा जल उठा था।''

''दो पैसे कमाता हो, मान सम्मान मोहल्ले में हो, इज्जतदार परिवार हो, तो कहीं कोई बिगाड़ नहीं होगा'' अपनी जोरदार लाइन दोहराकर वो बैठ गये रोज की तरह, कुर्सी पर दोनों पैर रखकर, उकड़ूँ बनकर और इंतजार करने लगे पापा की अगली प्रतिक्रिया का।

प्रतिक्रिया जो भी रही हो, मैं हमेशा की तरह वहाँ से सर पकड़कर उठ ही रही थी कि पापा ने दादू की बात को सर माथे रखकर अपना मत दे डालने में कोई देरी नहीं लगाई।

जाते-जाते कानों में पड़ा कि फोटो भेज दो इसकी, हमें तो लड़की

ब्याहनी ही है, देखो, क्या जवाब आता है।

बिना पीछे एक बार भी मुड़े, मैं दनदनाते हुए सीढ़ियों पर पैर जमाकर तब तक चलती गयी, जब तक अपने छोटे से आशियाने के अपने बेड पर नहीं पहुँच गयी। ये मेरा वही छत के बगल वाला कमरा था, जहाँ मैंने इतने साल रोते-हँसते हुए गुजारे थे। औंधे मुँह लेट जाना अब छोड़ दिया था, क्यूँकि ये अब मुझे बड़ी समस्याओं जितना बड़ा भी नहीं लगता था? समय की बेहतरी के हिसाब से दिल में अब खुद सँभल जाना आता जा रहा था। कुढ़न अब पहले से कुछ कम होती थी, पर उतनी कम नहीं, जितनी होनी चाहिए। अनुसार को घड़ी-घड़ी देखना पुरानी बासी फुई लगी आदतों में था; जो अभी भी किया जा रहा था।

कॉल करके देखती हूँ अनुसार को आज – सोचकर बरबस ही निगाहें अनुसार के नंबर को फोनबुक से निकालकर डॉयल करने पर मजबूर हो गयीं। यूँ ही दिल की धक-धक ने हार्ट बीट को 72 प्रति मिनट से बढ़ाकर 92 प्रति मिनट कर दिया था कि द पर्सन यू आर कॉलिंग इज स्पीकिंग टू समवन एल्स' सुनते ही हार्ट बीट, तुरंत अपनी दुनिया में लौट आयीं।

मोबाइल नामक वस्तु को एकतरफ फेंक कर कसमसाहट के साथ बिस्तर से उठ गयी मैं और कोसने लगी अपने मन को; जो अनुसार के साथ पड़ा किसी कोने में धूल फाँक रहा था।

''मैडम जी, कहाँ लगी पड़ी हैं हम्म्म्म...!'' आवाज़ कानों में पड़ी तो जैसे पॉपकॉर्न- सी उछल पड़ी मैं भगोने में...

ये सामने पड़ोस वाली भाभी की छेड़ थी, जो उनके लिहाज़ से एक शादी के पहले होने वाली एक मामूली छेड़ थी; पर मेरे लिए सामने वाले को परेशान कर देने का एक सफल प्रयास।

मैं परेशान हो चुकी थी, जिसके चलते दिमाग से थकान भरा बोझ जैसा मुझे भीतर तक साल रहा था।

''बस भाभी, थोड़ा चैटिंग ही... मैंने ऊपरी मुस्कान से उनकी निगाहों को सरोबार कर ही दिया।

‘‘तो बातें शातें हो रही हैं मियां जी से!’’ वो हँसकर सामने ही बैठ गयीं तो उनका चेहरा देखना अब लगभग जरूरी-सा ही हो गया।

‘‘शादी होगी तब क्या करेगी बहना; तुझे तो अभी से फ़ोन की इतनी लत है।’’ भाभी ने साफ़ तौर पर आने वाली समस्या की हल्की-सी झलकी दी।

‘‘अरे क्या भाभी; अभी लिया था मैंने ये...’’ मैंने झींककर वही रटा-रटाया जवाब उन्हें भी चिपका दिया।

‘‘आजकल हर कोई यही तो कहकर सामने वाले का काट रहा है।’’ भाभी ने जैसे टोन को समझते हुए मेरी ही भाषा में मुझे पानी-पानी कर दिया।

‘‘अच्छा एक बात बताइए भाभी; जब आपकी शादी हुई थी, तो क्या आपको भी गुस्सा आता था सब पर? डर लगता था क्या आपको भी...?’’ मैंने पूछा।

‘‘ह...ह...हाहा’’ वो जोरो से आसमान गुँजाने लगीं और मैं इस हँसी का राज कम-से-कम अभी तो नहीं समझ पाई।

नहीं, गुस्सा तो नहीं, पर मुझे झल्लाहट होती थी सब पर -उन्होंने ज्ञानवर्धक बात बताकर मुझे कुछ मात्रा में धनी किया।

‘‘किस तरह से?’’ मैंने बाकी का कच्चा चिट्ठा बटोर लेने की पुरजोर कोशिश करने के उद्देश्य से कहा।

‘‘मुझे मायके नहीं, बल्कि ससुराल वालों पर गुस्सा आता था यार सुरमे।’’ भाभी ने असल जीवन की सच्चाई समझाते हुए बताया।

‘‘कितना भी कुछ न करो अपने मायके वालों के लिए और कितना भी लाड़ कर लेना तुम अपने ससुरालियों को; फिर भी फर्क हमेशा किया जाएगा।’’ भाभी ने आपबीती को बखान दिया।

दो मिनट कुछ सोचकर वो फिर एक रहस्यमयी अंदाज में मुस्कराने लगीं।

जैसे नेल्स बढ़ जाने पर कसमसाहट का अंदाज कितने गुना बढ़ जाता है, पता नहीं चल पाता; ठीक वैसे ही ये पल, उन्हीं आँखों में खटकते नाखूनों जैसा ढह कर जेहन में कुलबुला रहा था।

“आप हँसी क्यों?” मैंने सवालिया कनखियों से पूछा, क्योंकि सीधा आँखों में देखना मेरे लिए बहुत मुश्किल हुआ करता था।

“ऐसे ही” उन्होंने कहा और इस ऐसे ही में बात ऐसी वैसी हो गयी। बुखार से शरीर तप रहा था, मानो तीन दिन से दवाई न मिलने की वजह से वह शरीर में स्थायी होने की पूरी कोशिश कर रहा था। ये उसी किरायेदार की तरह होता जा रहा था, जो अपनी हेकड़ी और मकान-मालिक के सीधे होने का पुरजोर फायदा उठा लेता है।

“तुझे बुखार है, लेट जा; बिना बोले आराम कर।” कहकर भाभी भी मझधार में छोड़कर चलती बनीं।

बुखार में टूटता, बदन अपने अंदर की चीखें गिनने में लगा रहा; कुछ हैरान-सा और मेरे दिमाग की कुलर बुलर में शैतानी खयाल टक्कर मारने लगे।

ऐसे में वक्त का बीतना महाभारत से भयानक हो जाता है। मैं जरा-सी बीमारी में रो पड़ने वाली मासूम लड़की नहीं हुआ करती थी; जब तक कोई आकर पीठ थपथपाकर, प्यार के दो शब्द बोलकर सर न सहला दे। लेकिन खुशकिस्मती कहूँ या बुरी भांत की हालत... यहाँ कोई नहीं आने वाला था। सब मुझसे किसी खास बात को लेकर नाराज से थे... कुछ अपनी समस्याओं में घिरे हुए से, कुछ मेरी शादी जैसी फालतू की बनाई हुई दिक्कतों से; कुछ घर के बाकी सदस्यों की बिखेरी हुई आफतों से और सबसे आखिरी के कुछ मेरे और अनुसार के बारे में पता चल जाने से।

मेरा बुखार सबको किसी बहाने से कम नहीं लगता है, ये मैं उतना ही जानती थी; जितना बाकी। सब ये समझते थे कि मैं पूरी तरह पागल हो चुकी हूँ। मुझे सिवाय उस लड़के के कुछ दिखाई-सुनाई नहीं देता है... मैं अकेले उसके लिए लड़ रही हूँ और वो मुझे खुश कभी नहीं रख पायेगा।

‘‘हो गयी हो नींद, तो कुछ काम कर लो, मम्मी ने कहलवाया है!’’ –
छोटी बहन आकर (सुबह के दोपहर हो जाने का खामियाजा भुगतने के लिए
तैयार हो जाऊँ का) ऐलान करके चली गयी।

मैं कोई जवाबी कार्यवाही न करके, शून्य में निहारती रही बस। ऐसा
अक्सर किया करती थी; अब जब से अनुसार का गम मार गया था मुझे।

‘‘आज नहीं उठेगी क्या सोकर!’’ ये माँ की आवाज़ थी, जिससे मुझे
जान पड़ा कि बाकी सब गुमानी बातें सुबह की थीं, जिसे मैं इस बीतती
रुपहली दोपहर में सँजो रही थी।

रुपहली होना इसके खूबसूरत होने से ताल्लुक नहीं रखता था, क्योंकि
मुझे पीला ज्वर था। पीला ज्वर मेरे हिसाब से, जिसमें आँखें पीली-सी लगने
लगतीं और शरीर में जान की कमी सिर्फ खुद को महसूस होने लगती।
बचपन में जब छींक भी आती, तो दोस्त बताते थे; कि तेरा चेहरा पीला पड़
गया है सुरमे। हाँ, मेरे दोस्त भी हुए हैं कुछ कभी-कभी... कब कहाँ और
कितने, ये तो याद नहीं, पर हुए जरूर हैं। बस वही कहते थे मुझे सुरमा,
सुरमे, काजल, सुरम्दे यही सब। सारे नाम पीछे रह गये थे; मानो छूट गये
थे; ठीक वैसे ही, जैसे अनुसार के साथ बीती मेरी पिछली जिन्दगी...
पिछली रंगीन कम काली जिन्दगी; लेकिन कभी न जेहन से निकलने वाली
ज़िंदगी।

‘‘हाँ, चलो उठ गयी न...!’’ मैंने जरा-सा मुँह खोलकर जवाब देने से
कहीं ज्यादा सर हिलाया।

तेरे पापा आयेंगे खाना खाने घर पर ही; ये रोतू-सी शक्ल लेकर मत
आना उनके सामने... बीमार महसूस कर रही, तो दवाई के डब्बे से दवाई ले
ले कोई और खाकर नीचे आ जाना; जब देखो कोप भवन में पड़ी होती हैं
महारानी।’’ माँ, बिना रुके कहती गयी और मैं हर बात पर अलग-अलग
आकार के चेहरे बनाकर उनकी तरफ उछालती गयी।

मन में बनते गये धुएँ के छल्ले, जिन्हें उड़ने से रोक पाना मेरे लिए
वैसा ही था, जैसे कागज के फूलों में खुशबू को तलाशना। एक गहरी साँस
भरकर मैं लगभग कूदकर उठी और लग गयी घर की साफ़-सफाई में।

आमतौर पर मेरे हाथ, पोंछे के साथ 180° के कोण पर घूम रहे होते थे... तब मेरी आँखें फ़ोन की लाइट को मापने में लगी होती थीं, तो मेरे कान फ़ोन के रिंगटोन के बिना बजे ही बज उठते थे।

''आज बुखार है।'' मैंने अनुसार को फिर एक बार बताया था मेसेज करके; जिसके पूरा 2 घंटा 30 मिनट बाद जवाब पाकर मैं तसल्ली से मुस्कराई थी।

''दवाई खा लेना...!'' कहकर, अनुसार फिर अपने किसी काम में लग गया था।

कहीं न कहीं मैं एक मरे हुए रिश्ते को पानी दे रही थी... जिसे जबरदस्ती साँस लेने पर मजबूर करने की नाकाम कोशिश में मैं ये मानने को तैयार नहीं थी, कि मैं वहम में जी रही हूँ। मृग-मरीचिका जैसे भटक रही हूँ। ये रिश्ता भी उस नन्हें पौधे की तरह अब कभी नहीं जीने वाला था, जो बर्फीली ठंड में बेसहारा, बिना शोर मचाये यूँ ही अकेले गिड़गिड़ाकर दम तोड़ देता है... जिसकी ओर किसी का बरबस ध्यान ही नहीं जाता। फिर किसी रोज अचानक किसी पौध-प्रेमी का ध्यान उस तरफ जाता है, तो छटपटाकर वो उसकी तरफ भागता है, उसे खींचता है अपनी ओर, रोता विलाप करता है, गुर्राता है; फिर निढाल होकर मनौतियाँ करता है; लेकिन तब तक पौधे की दुनिया वो नहीं रह गयी होती... पौधा चला जाता है अपने चुने अलग रास्ते पर। फिर मुड़कर न देखना, उसका अहम रह जाता हो या दूसरा रास्ता ज्यादा खूबसूरत हो; इसकी भी समान मात्रा में सम्भावना होती है।

जवाब आने के बाद हाथों में सन्नाटा छा गया था; छोटे से डब्बानुमा मोबाइल में।

भाँति-भाँति के लोग

फिर से कमर को बिस्तर से रू-ब-रू किया, तो मेरे दिमाग के कुकर में छौंका, खयाली पुलाव पकने लगा और मुझे कुछ वक्त पीछे धकेलकर ले गया, जब मैं कॉलेज से ग्रेजुएशन पूरा करके घर वापस आई थी।

पोस्ट ग्रेजुएशन में एडमिशन न होने की टेंशन के साथ-साथ ताजा-ताजा ब्रेकअप से मन मन्दिर में दुःख के नगाड़े बजना चालू थे ही, कि किसी के अचानक आ जाने का अहसास ही नहीं हुआ। अनुसार का मेरी जिन्दगी में आना, जैसे किसी तूफानी रात के बाद सुबह की बयार थी। मन इतना खट्टा रहा करता था, कि किसी की शक्ल देखकर भी किडनी में दर्द होता। रोज की ही तरह आज भी आँखों में हल्की- सी लहर लेकर बेड पर फ़ोन लेकर लेट गयी मैं और घंटों प्रोफाइल को छानबीन कर देखती रही, मानो कोई बंजारन आज फिर किसी खास चीज़ की तलाश में कबाडे के उस ढेर पर आई थी, जहाँ से कुछ सुकून भरा मिल जाने की उम्मीद दिल के किसी कोने में अब भी टिमटिमा रही थी। प्रोफाइल देखते-देखते मैं किलस गयी उस वक्त, जब पहली बार फेसबुक के जरिये वो सादा-सा कुर्ता पायजामा पहने एक लड़के की फ्रेंड रिक्वेस्ट आई, जो किसी मन्दिर के पुजारी जैसा

लग रहा था।

कैसे-कैसे लोग इतना दूर-दूर से रिक्वेस्ट डाल देते हैं, हुँह ठरकी कहीं के...।'' उसको देखकर मुँह बनाया मैंने और नज़रंदाज़ करके फेसबुक बंद कर दिया।

दिलजलों के लिए फेसबुक वैसे ही एक वरदान साबित होता है; सारे मन जतन वहाँ जाकर पूरे हो जाते हैं, हर किसी की तलाश वहाँ जाकर पूरी हो जाती है, हर भाँति के जीव-जन्तु वहाँ अपना अकाउंट जो धरे हैं। रही सही कसर आजकल के सस्ते नेट प्लान्स पूरी किये दे रहे है।

दिन बोझिल बीत रहे थे और रातें तलाश में डूबी कोई रोशनी... कोई अनजानी तलाश, जिसे अपना रोना सुना भी दूँ, तो किसी को पता चलने का डर न हो और दूसरी बात वो मेरे रोने सुनने के लिए तैयार भी हो।

हाँ, इन सब में एक चीज़ थी, जो मेरा हौसला बढ़ाती थी। कुछ फेसबुक पर बने मोटिवेशनल पेज, जिन पर पूरा दिन निकालना मेरा सबसे बड़ा टाइमपास बनता जा रहा था। रोज अलग-अलग पेज एडमिन को मेसेज करती, इस उम्मीद में, कि इन लोगों के पास काफी धीरज होता है, तो मेरी समस्या को भी समस्या मान पाएँगे ये लोग। उस रोज का आफ़ताब और दिनों की तुलना में तेज निकला था, लिहाज़ा गर्मी का अपने शबाब पर आ जाना लाज़मी था। जब और दिनों की तरह मैंने फेसबुक खोली तो देखा, फिर से वही कुर्ते पायजामे वाला लड़का सबसे ऊपर फ्रेंड रिक्वेस्ट में चमक रहा था।

''धत तेरी की।'' मैंने झल्लाकर उसकी रिक्वेस्ट फिर से डिलीट करी।

ऐसे-ऐसे चम्पू से लौंडे कहाँ-कहाँ से खोज-खोज कर रिक्वेस्ट डाल देते हैं। इनसे क्या बतियायें हम... अब–अपने आपको अगले कुछ सेकेंड बाद बड़बड़ाते देखा तो खुद पर मुस्करा पड़ी मैं; जिसके बाद मैसेज देखे तो ख़ुशी कुछ और बढ़ी, क्योंकि मेरे फेवरेट पेज मोटिवेटर ने मुझे रिप्लाई किया था।

'हेलो...!' रिप्लाई आया था।

बहुत देर तक सोचने के बाद मैंने मैसेज के सिलसिले को आगे बढ़ाया।

'कैसे हैं?' मैंने कहा अब, क्योंकि मैं नहीं जानती थी कि एडमिन लड़की है या लड़का। मुझे मेसेज की लैंग्वेज समझने के लिए सोचना पड़ा।

'थैंक्स फॉर बिकमिंग मॉय फ्रेंड, सर ऑर मैडम!' मैंने आभार व्यक्त करते हुए खुद ही अगली पंक्ति जोड़ी।

'आभार!' उधर से जवाब आया।

इतने छोटे जवाब पर अगला सवाल क्या किया जाए, ये सोचना मेरे लिए इतना मुश्किल नहीं था, जितना अब ये समझ पाना, कि उस ओर होगा कौन। मैसेज मैंने देखकर अगला सवाल दागने का मन बनाया ही था, कि उधर से कुछ आने की आहट ने होंठो को मुस्कान में डुबा दिया।

''वैसे मैं लड़का हूँ।'' उधर से अगला संदेश आया।

''ओह, जी सर!'' मैंने जवाब दिया।

'मैंने अपनी पर्सनल फेसबुक आईडी से आपको रिक्वेस्ट भेजी तो थी वैसे–' उधर से उतावली लाइन लिखकर आई।

'क्या वाकई?' मुझे मानो जमीनी तौर पर यकीन नहीं हुआ।

''फिर से भेज दीजिये सर, मैंने देखा नहीं, सॉरी!'' मैंने सकुचाते हुए धीरे से मैसेज छोड़ा।

''ह...ह...ह... हाहा, ठीक है'' जवाब मिलने पर मेरी जान में जान आई।

कुछ सेकेंड का ही इंतजार था, कि सावन के लाल फूल झड़कर पतझड़ की दुहाई देने लगे, जब तीसरी बार उस कुर्ते पायजामे वाले पुजारी की रिक्वेस्ट मैंने देखी।

लगता है यही है मोटिवेशन पेज पर – मैंने लगभग चौड़े होकर अनुमान लगाया।

'जी, मिल गये सर आप; मुझे नहीं पता था ये आप हैं' मैंने खिसियाते हुए कहा।

'अरे कोई बात नहीं' वहाँ से जवाबी कार्यवाही कुछ धीमी ही रही थी।

'खैर, अपने बारे में कुछ बताइए।' मैंने उत्सुकता दिखाई।

'एक बैंक में नौकरी करता हूँ मैं; गाँव में मेरा अपना घर है, कच्चा है मिट्टी का बना, बरसात में चूने लगता है... छत पक्की करानी है उसकी। परिवार है, जिसमें सब हैं... इसके अलावा पेज चलाता हूँ; कोशिश रहती है कि सबकी समस्याएँ सुनकर उनको समझा सकूँ, उनको उत्साहित कर सकूँ।' बड़ा-सा पैराग्राफ मेरे सामने आया।

अब बातें लम्बी होनी शुरू हुई थीं। जाहिराना अंदाज़ में कहूँ तो अब लगा था, कि सामने से कोई बोल रहा है... लेकिन मूड रह-रहकर किलसने का आदी हो गया था। अलगाव की चिढ़, रह-रहकर कचोट रही थी, लिहाज़ा मन खिन्न जल्दी हो जाता था।

'ठीक है, आपसे बात करके अच्छा लगा।' कहकर, हकीकत की दुनिया में लौट आई मैं और घर में व्यस्त हो गयी।

एक वक्त हमेशा ऐसा आता है, जब हकीकत से रू-ब-रू होना नागवार गुजरता है और कल्पनाएँ रुला देती हैं। तब कोई जुगनू आकर टिमटिमा देता है, हमारी सूनी पड़ी दुनिया को।

आदतन मैं जिन्दगी से इतना हार चुकी थी; किसी चोट खाए साँप की तरह इतना फुफकार चुकी थी, कि अब मन में डर नहीं लगता था... हँसना बेईमानी, मौज करना छींटाकशी, साँस लेना धोखाधड़ी लगता था।

ये अनुसार से मेरी पहली बार बात हुई थी, जो मुझे आखिरी ही लगी थी; जिसमें मैं खुश कम हुई, सहारा ढूँढ़ने की कोशिश में ज्यादा रही थी। दिल अब पाँच मिनट नहीं देता था मुझे, मेरे अपने लिए। ताज्जुब सिर्फ इतना रहा, कि सिलसिले यहाँ न रुकने वाले थे, न रुके। दिन बीता, फिर रात, रोजमर्रा की भेंट चढ़ गयी। इसके बाद रोज के आठ पहर आते-जाते गये, तो फेसबुक के दर्शन मानो दुर्लभ कर लिए मेरी अंतरात्मा ने।

आज चिड़िया की चूँ चूँ को सुनकर याद आया वो वक्त, जो ग्रेजुएशन में गुजारा था मैंने। सब कुछ कितना नया कितना रोमांचक होता था। दिन पे दिन एक नया टास्क थी वहाँ जिन्दगी। हाय! अब जैसा स्पीड ब्रेकर पहले कभी नहीं आया था। इस ब्रेकर ने मुझे हिलाकर रख दिया था वहीं कई दिन बाद आज फिर जाँच-पड़ताल का मन किया तो मन लगाऊँ औजार यानि फेसबुक पर संदेशों का बक्सा खोला मैंने। अमरूद के बीज-सा फँसा उस शख्स का संदेश भी साँस ले रहा था, जो मेरा नया गुरु बना हुआ था।

'आप तो गायब ही हो गयीं।' नये गुरु जी कुछ यूँ फरमाए।

'हाँ, बस थोड़ा टाइम नहीं मिला' मैंने सिरे से झूठ बोला।

'चलिए कोई बात नहीं' वहाँ से अगला संदेश था।

''तो आप बैंक में होंगे न अभी तो।'' मैंने घड़ी की ओर सरसरी नजर डालते हुए संदेश डाला।

''हाँ, बेशक।'' उधर से छोटा जवाब आया।

''तब कैसे मैनेज कर पा रहे हैं आप?'' मैंने कुछ उत्सुकतावश पूछा।

''अभी लंच टाइम है महोदया'' कहकर हँस दिया अनुसार (नये गुरूजी का नाम अनुसार था)।

''चलिए, अभी आप बिजी होंगे; शाम को फ्री होकर आपका समय चाहूँगी'' कुछ सोचकर आख़िरकार यही कहना पड़ा।

''ठीक है, शाम छह बजे मिलिएगा'' अनुसार ने कहकर मेरी बात पर सहमति जताई।

कहावतें सच होती हैं और हर कहावत सच होने के लिए ही बनी है, इसका पता बहुत जल्द सुकून और प्यार के कॉन्सेप्ट से चलने वाला था। इन्सान अपनी सुविधा के हिसाब से अपने रिश्ते बनाता और उन्हें नाम देता है... उसका हर रिश्ता स्वार्थ से जुड़ा है, जिसे वो मतलबों के चलते बस निभाता चला जाता है। ये सब किस्से सच होते न जाने कितने मोड़ पार करते हुए चलते आ रहे थे सामने। किस्सों के आते ही छह भी बज गये।

बातों का दौर शुरू होने से लेकर समय के गोल घूमने तक की कहानी न भी बयां करें, तो भी अपनी समस्याएँ एक साँस में कह गयी थी मैं उस अजनबी से... लेकिन हाँ, कुछ हद तक ही बातें बताई जा सकती थीं। अनुसार से बातें शेयर करने के दो कारण थे मेरे पास; पहला ये, कि मुझे कोई समझदार इन्सान चाहिए था, जो मेरे इस वक्त में मेरी बात को सुनकर मुझे समझा सके, मेरी प्रेरणा बन सके; दूसरा ये, कि वो अजनबी है, उससे अपने प्यार और कसमसाहट के गहरे राज साझा करके मुझे किसी के सामने उनके खुलने का कोई डर नहीं था।

इसमें भी सोच-समझकर हिसाब का लगाना जरूरी था। यहाँ मैं अनुसार के कंधे पर सर रखकर, मेरा कॉलेज और मेरे बॉयफ्रेंड, दोनों के चले जाने का तीजा मना रही थी, वहीं दूसरी ओर अनुसार के दिल में मेरे लिए आकर्षण का लाल फूल पनपने लगा था, जिसका उसने अभी तक मुझे पता नहीं लगने दिया था। मेरे इस बात पर ध्यान न जाने का भी मतलब था... अनुसार का बहुत ज्यादा समझदार होना और कभी फ्लर्ट न करना।

अनुसार की समझदारी और चीजों को जरूरत से ज्यादा सकारात्मक बना देने की कला, मेरे दिल में उसके लिए एक अलग छवि बना रही थी... एक ऐसे इन्सान की छवि, जो हमारा कहीं न कहीं आदर्श होता है।

अक्सर मैं सोचने लगती, कैसे मेरे लिए, मेरी पकाऊ बातों को सुनने के लिए टाइम निकाल लेता है; इसकी तारीफें करने वाले तो हजारों लड़के लड़कियाँ हैं, जो इसके लिए बिछे हैं; इसके मोटिवेशन के इंतजार में बैठे रहते हैं... लेकिन अनुसार मुझे सुनना पसंद करता। बाकी सबकी तरह ही अनुसार का भी कहना था, कि मेरी बातें चटपटी होती हैं, जिन्हें सुनकर और भी सुनने का मन करे... बस सुनते ही रहने का।

''आज मैं थोड़ा परेशान हूँ सुरमा।'' अनुसार ने मुझसे मैसेज में कहा।

''क्यों, क्या हुआ?'' मैंने पूछा।

''फ़ोन कर सकता हूँ क्या आपको?'' उसने पूछा।

''फ़ोन?'' मैंने सकपका कर तुरंत सवाल में जवाब दिया।

हमें फेसबुकिया बातें करते हुए लगभग दो महीने हो गये थे, जिसमें एक बार भी फ़ोन पर बात करने के लिए न अनुसार ने कहा, न मैंने चाहा।

"मैं लूडो खेल लूँ अभी शाम की।" मैंने उसकी परेशानी को हल्के में लेते हुए कहा।

'लूडो?' उसने असमंजस से कहा।

"हाँ, हम रोज शाम को लूडो ही खेलते हैं; मैं, मेरी माई (माँ), दादी और मेरी बहन" मैंने बताया।

"वाह! लूडो।" इस बार मैसेज में चहक थी।

"आपको भी अच्छी लगती है क्या लूडो?" मैंने सवाल दागा।

"यहाँ कोई है ही नहीं मेरे साथ लूडो खेलने वाला" उसने अफ़सोस के साथ बताया।

"चलो, अच्छा नंबर दे दो आप अपना, मैं कर लूँगा फ़ोन आपको; जब आपका लूडो मैच हो जाए तो बता देना मुझे" उसने एक उम्मीद और थोड़े से विश्वास के साथ कहा; या यूँ कहो पूछा। मिले-जुले असमंजस और गुदगुदी के भावों के साथ मैंने लूडो मैच खत्म होने पर उसे सूचना दे देने का आश्वासन दिया। इसके बाद शुरू हुई लूडो की जुगलबंदी, जिसने समय में आधा घंटा पलक झपकते ही जोड़ दिया। लूडो मैच आज मैं जीती थी। दादी दूसरे स्थान पर और मेरी बहन आज बहुत बुरा से हारी थी। मेरी ख़ुशी से पार पाना आज थोड़ा मुश्किल था, जिसमें अनुसार ने भी अपनी परेशानी का ग्रहण नहीं लगाया।

"क्या बात! आप लूडो जीत गयीं लिटिल प्रिंसेज।" उसने बधाई स्वर में कहा।

"हाँ, लूडो में तो मेरा कोई मुकाबला नहीं" मैंने गर्व से कहा।

"बधाई हो!" खुशनुमा आवाज़ के साथ अनुसार ने समर्थन की मोहर टाँक दी।

"धन्यवाद... कहिये कैसे हैं आप?" मैंने औपचारिकतावश पूछा।

''बस बढ़िया, आप तो खुश हैं, आज मैच जो जीती हैं।'' अनुसार अपनी परेशानी को शायद छुपा रहा था।

''तो आप कहाँ हैं अभी? बैंक तो पाँच बजे ऑफ़ होता होगा न आपका?'' मैंने पूछा।

हाँ, मुझे छह या सात बज जाते हैं सारा काम खत्म करने में बैंक से निकलते-निकलते – अनुसार ने बताया।

''पर ये तो बात कुछ गले नहीं उतरी।'' मैंने उसकी बात पर आशंका जताई।

''कौन-सी?'' उसने पूछा।

''जब ऑफिस का समय ही पाँच बजे का है, तो सात तक बैंक में कहाँ से रुकते हो और क्यों?'' मैंने एकदम सही सवाल उठाया था।

''काम काफी होता है, तो मैं वही करता रहता हूँ; वैसे भी घर पर हूँ नहीं; कमरा लेकर रहता हूँ, वहाँ पर जल्दी जाकर करूँ क्या?'' उसने बताया तो उसके लिए बुरा लगा मुझे।

''अच्छा, खाली वक्त के लिए कुछ तो करते होंगे आप; पेज से अलग में भी'' मैंने फिर एक और बात छोड़ दी अनुसार की तरफ।

''सप्ताह के आखिर में फिल्म देखते हैं, दो दिन तक लगातार जाकर; अगले हफ़्ते अगर कोई नई नहीं लगी होती, तो फिर से उसे ही देखते हैं उस सप्ताह भी... थोड़ा बहुत लिखने का शौक है, उसे देख लेते हैं, पेज चला लेते हैं... अब आप हैं तो सुख-दुःख बाँट लेते हैं जिन्दगी के थोड़े, बस यूँ ही दिन गुजर रहे हैं।'' अनुसार ने सब कह दिया था।

सब कुछ... लगभग सभी कुछ; इन्ही चंद पंक्तियों में, पूरे दिन, पूरे महीने से लेकर साल तक की दिनचर्या कह डाली थी अनुसार ने अपनी, जिसमें अब मेरी मौजूदगी की दस्तक साफ़ सुनाई पड़ रही थी। मेरे पुराने कॉलेज के किस्से, अनुसार के चेहरे पर हँसी देने लगे थे और उसकी प्रेरणा भरी बातें मेरी जिन्दगी के अँधेरे को हल्का किये दे रही थीं।

इसी बीच अनुसार की पोस्टिंग वापस अपने गाँव होने जा रही थी, जिससे वो खासा खुश था।

''तो आप अभी बस निकलेंगे कुछ देर में?'' – मैंने पूछा।

''हाँ'' – उसने छोटा उत्तर दिया।

अब से हमारी बातें मेरी तरफ से मेरे छत के बगल वाले कमरे में और अनुसार की तरफ से हाईवे पर होती थीं। वो शहर से दूर शांति में हाईवे पर अपने एक दोस्त के साथ आकर मुझसे घंटों बातें करता। हमेशा फोन पर मुझसे कुछ और देर रुक जाने की कोशिश करवाता।

हम दोनों के पास किस्से थे, बातें थीं, कहानियाँ थीं। फर्क था तो सिर्फ इतना, कि मेरे किस्सों में चटपटा मसाला था, तो उसके किस्से जिन्दगी की परेशानियों और आँसुओं से रू-ब-रू होती एक ऐसी हकीकत, जिसमें सुकून की गुंजाइश किसी दरिया में बहकर बहुत दूर जा चुकी थी।

''जाने वो वक्त कब आएगा, जब मैं आगे की पढ़ाई करने कहीं बाहर निकल पाऊँगी''– मैंने अनुसार से कहा था, जब एक वैसी ही शाम वो पक्की सड़क की तरफ अपने एक दोस्त के साथ घूम रहा था।

''जल्द ही।'' – आज भी अनुसार की आवाज़ फ़ोन पर रोज की तरह ही शीरे जैसी आई थी।

इतने भरोसे के साथ कैसे कह सकते हो आप? – मैंने कहा।

''तुम्हें नहीं होगा अपने आप पर, लेकिन मुझे तो है।''– उसने बताया।

'वाकई!'– मैंने मुस्कान के साथ जवाब दिया।

'जिसे भी अपना इष्ट देव मानती हो, उनसे पूछ लो' – उसने कहा।

''उन्होंने ही तो मेरी जिन्दगी में आपको प्रेरणा बनाकर भेजा है।''– मैं कहना चाहती थी, पर कह नहीं पाई।

''देखना, जल्दी ही तुम्हारे रिजल्ट्स आयेंगे और सही वक्त आने पर

तुम इस खाली समय को भी याद करोगी, जो अभी तुम काट नहीं पा रही हो।'' – उसने कहा।

''सच में! वाकई? तब तो मैं खुद को इतना बिजी कर लूँगी कि मुझे मरने के लिए भी समय न मिले।'' – मैंने विश्वास के साथ कहा।

''अच्छा, क्या-क्या पसंद है तुम्हें, जो तुम परेशान होने पर करो तो तुम्हें अच्छा लगता हो।'' – अचानक अनुसार के दिमाग में कोई आइडिया आया।

''चॉकलेट खाना और लूडो खेलना।'' – मैंने सोचकर बताया।

''तो प्रिंसेज का कभी मूड खराब हो और अच्छा करना हो तो उसे चॉकलेट खिलाई जाए और लूडो खेली जाए उसके साथ।'' – अनुसार ने कहा, तो बाँछें खिल उठीं मेरी।

''अब लूडो तो खेली जा नहीं सकती; लेकिन चॉकलेट तो भेजी जा सकती है लिटिल प्रिंसेज को।'' – उसने कहा।

''हाँ बिलकुल; पता ले लीजिये'' – मैंने मजाक किया, क्योंकि मुझे पूरा यकीन था कि इतनी दूर से ये सम्भव नहीं है; वो भी मेरे घर में, जहाँ पार्सल मुझे मिलने से पहले दस लोग खोलेंगे।

''दीजिये पता।'' – अनुसार ने कहा तो मैंने पता दे दिया और बेफिक्र हो गयी।

हमारी बातें होतीं किसी चिड़िया की मीठी आवाज़ से शुरू और खत्म का ठिकाना दियासलाई के बढ़ने पर होता था।

हल्के सर्द मौसम में उसका नर्म-नर्म हाथ मेरे सर पर हमेशा मुझे महसूस होता था। मेरा लगातार बस बोलते जाना, चाहे जो मन में आये। सब बताकर अपने कलेजे में ठंडक पा लेना ही मेरा काम होता और अनुसार किसी क्रीम-सा पिघल जाता मेरी बातों की गर्मी मिलने पर। सिर्फ सुनता था वो और सिर्फ सुनकर हँसना ही उसका रोल होता। मैं पूछती, तुम भी तो बताओ कुछ... तो अनुसार कहता, कुछ नहीं बस, यूँ ही। इसी में सारी कहानी आकर सिमटकर बैठ जाती किसी कोने को ढूँढ़कर।

काफी बातें याद रहती थीं, लेकिन काफी कुछ भूल जाना मेरी साढ़े साती में पुज चुका था, लिहाज़ा चॉकलेट वाली बात मेरे दिमाग से आई गयी हो गयी। इस बात के काफूर होने को कुछ ही दिन बीते थे, कि अचानक घर आये एक पार्सल ने हम सबको चौंका दिया। पार्सल, अनुसार ने अपने नाम से मेरे लिए भेजा था, जिसे मेरी बहन ने रिसीव किया, पर वक्त की मार होने के चलते पार्सल पापा के हाथ में पहुँचा।

ये कोई कोरियर आया है बेटा! – पापा ने मुझे फोन किया तो मैं चौंक गयी।

अनुसार की चॉकलेट वाली बात तुरंत मेरे दिमाग में ताजा हो आ गयी, जो वक्त बीतने के साथ फ्रिज में पड़े आटे जैसी बासी होने लगी थी।

''उसे खोलना मत पापा।'' – मैंने डरकर कहा।

''ठीक है, पर क्यों?'' – पापा ने पूछा।

''ये मेरा नहीं है, मेरी दोस्त का है, उसका कोई रजिस्टर्ड पता नहीं था, तो उसने मेरा पता दे दिया; मैं उसके यहाँ पकड़ा आऊँगी जाकर, आप उस पार्सल को ऐसे ही घर भेज दो'' – मैंने कहा।

झूठ कामयाब रहा और पापा ने मेरी बात मान ली, लेकिन घर आकर किसी का कोरियर आज के बाद घर न आने की हिदायत भी मिली।

सटीक तौर पर अब बारी थी अनुसार को इस बात के ताजा समाचारों से सूचित कराने की।

''वो चॉकलेट आ गये हैं, 2 बड़े-बड़े बोर्नविल्ल हैं।'' – कहते हुए पेट में हल्के दर्द के साथ मैं असल में फोन पर भी चोको लावा नजर आ रही थी।

अच्छा, तुम्हें मिल गये वो; इतने दिन हो गये, मुझे तो लगा था अब नहीं मिलेंगी।'' – उसने कहा।

'हाँ मुझे भी यही लगा था'' – मैंने कहा।

''तुम खुश तो हो न प्रिंसेज?'' – उसने पूछा।

"हाँ, बहुत" – मैंने कहा।

हम दोनों एक-दूसरे की बातों के लगभग पूरक थे; मेरी बातें उसे गुदगुदाकर उसकी तकलीफों को कम करने में जुटी रहती थीं, तो वहीं उसकी बातों का नमक मेरी फीकी पड़ती जिन्दगी में मसाले का काम करके मुझे पेट भर नींद देने में पूरी तरह कामयाब था।

ज़िंदगी को लेकर मैं हमेशा डरती थी कि ये वक्त कहीं खत्म न हो जाए; जिस पर अनुसार का कहना था कि इतने साल जिन्दगी को मिले, बीत गये, कहाँ पता चला... देखना, कैसे बाकी वक्त यूँ ही चुटकी बजाकर निकल जाएगा... फिर एक रोज बूढ़े होकर लेटे होंगे हम कहीं और याद कर रहे होंगे ये बीते पल; पिछली जिन्दगी फ्लैशबैक की तरह हमारी आँखों के सामने चल रही होगी, तब लगेगा कि कितना वक्त निकल गया, कितना कुछ पीछे रह गया, कितना सब हाथों से निकला और आज कितना पास है... तो हमारे पास अब वक्त नहीं।

मैं हमेशा खो जाती उसकी बातों में। बातें अनोखी थीं उसकी... सच से हटकर, लेकिन सच में डूबी किसी बेअस्तित्व वस्तु की तरह; मानो साम्भर में पड़ा राई का दाना हो; दिखता हुआ भी खुद से परे, खोया-खोया-सा, बेवजह।

उस रोज नींद अच्छी आई थी... बिना रोये, बिना सर दुखे, बेसुध-सी, निढाल; मानो बरसों बाद पीकर नींद के आगोश में समाना रास आ गया था। अरसे बाद किसी दर्द पर आँसू नहीं आये थे। अनुसार कहता, उसे आँसू इसलिए नहीं आते, क्योंकि वो इतना रो चुका है कि आँसू अब सूख गये हैं, आते ही नहीं।

क्या ऐसा भी हो सकता है? आँसू सूख भी जाते हैं क्या? शायद वो दर्द का शिखर रहता होगा, जिसके बाद बस मौत होती है असहनीय पीड़ा में, किसी दुर्घटना में कटे किसी तड़पते अनजान राही की तरह जिसका दम बस निकलने को है, जिसकी मौत की दुआ वो खुद कर रहा है, क्योंकि जिन्दगी से अब उसकी मुलाकात नामुमकिन है; जिन्दगी से दूरियाँ मिटने की हर लौ बुझ चुकी है।

पिछली रात बेसुध थी, लिहाज़ा सुबह कुछ देर से हुई। रिजल्ट्स की सुबह आँख अगर देर से खुले, तो समझ लो काम हो गया है... रिजल्ट का नहीं, मम्मी के सुवचनों का।

''उठ महारानी, कब से बिस्तर पर है।'' – मम्मी आयीं तो मैं हड़बड़ाकर उठी।

''हाँ, मैं तो उठी हुई थी'' – मैंने अभिनय किया।

''आज तो बड़ी निन्नी आई मेरी गुड़िया को – मम्मी ने कहा, तो उनसे चिपट गयी मैं, मानो कोई छोटा बछड़ा बहुत देर बाद अपनी माँ को देखकर उसका आलिंगन कर लेता है।

''अच्छा चल अब नीचे आ बेटा, बहुत देर हो गयी है; नहा ले तभी नाश्ता मिलेगा'' – मम्मी नहाने के मामले में कोई रिआयत न बरतते हुए चली गयीं।

मैंने उनके जाने पर एक छोटी-सी मुस्कान दी और अपना फ़ोन टटोला। फ़ोन का टटोलना अब उस एक संदेश 'गुड मॉर्निंग लिटिल प्रिंसेस' के लिए होता था, जिसे हमेशा मेरे उठने से पहले आया देखकर मेरी मुस्कान का एंगल और बड़ा हो जाया करता था।

ये किसी दौर की है आहट

जो बिसरे गीत यूँ गाने लगा हूँ।

कभी होते थे आँखों में समन्दर

इन दिनों बेवजह मुस्कराने लगा हूँ।

अनुसार की लिखी चंद पंक्तियाँ देखकर दिल में कुछ हलचल- सी हुई। उसके जज्बात, कलम का सहारा लिए धीरे से लुढ़क कर मुझ तक पहुँच रहे थे, जिन पर अब ध्यान देना मेरे लिए ज़रूरी हो गया था।

तो क्या है आज का; अनुसार का खयाल देखा जाए? – मैं खुद में बुदबुदायी।

ऐसे कहीं फेसबुकिया प्यार भी कहीं होता होगा। चूतियापा बातें, गधे की लातें, फटे पजामे। ऐसे कैसे? देखा नहीं, जाना नहीं, कौन है, क्या करता है, कहाँ रहता है, क्या कौन है फैमिली में, कुछ भी तो अपने आप से नहीं पता। बस उतना ही पता है, जितना उसने बताया है मुझे। ठीक है समझदार है, लेकिन सिर्फ इस बात से यकीन तो नहीं किया जा सकता उस पर। सावधान इंडिया देखती, तो हर कड़ी में शक होने लगता अनुसार को लेकर। सिर्फ इसीलिए अनुसार के बदलते अहसासों को मैं समझ तो रही थी, लेकिन समझना नहीं चाहती थी। खैर, मुझे क्या करना है; मुझे तो जब मैं दुखी होती हूँ, मन लगा ही देता है... कभी फालतू चूँ- चपड़ की, तो सीधा ब्लॉक कर दूँगी और फ़ोन नंबर तोड़कर फेंक दिया तो सारे रास्ते बंद हो जाएँगे। कौन-सा इतनी दूर ये यहाँ आएगा। इलाहबाद से है, आने में कमर ही टूट जाए। सुकून से अपने आपको चौतरफा से बंद किया मैंने, फिर तो मुस्कराने के कहने ही क्या।

जब कोई खुद से बातें करने लगे तो वो सुकून की तलाश में कहीं भटक रहा है, ऐसा माना जाना किसी लॉजिकल मैथ्स के सवाल का जवाब मिल जाने जैसा था। नहा-धोकर रानी गुड़िया बनकर नाश्ता करने तक का इंतजार मैंने किया, तब तक मेरा रिजल्ट भी आ चुका था। रैंक न ज्यादा अच्छी थी और न ज्यादा बुरी, लेकिन मुझे MBA की काउंसिलिंग के लिए देहरादून जाना था।

''वो तो बहुत बड़ा शहर है, वहाँ कैसे तुम...'' – अनुसार की बातों में चिंता थी, जब मैंने चहकते हुए उसे अपने रिजल्ट के बारे में बताया।

''मैं सर्वाइव नहीं कर पाऊँगी यही सोच रहे हो क्या?''– मैंने खिलखिलाहट के साथ कहा।

वो बात नहीं है; शहरों की जिन्दगी इतनी तेज चलती है, इतनी एडवांस होती है, कि मैं सहज महसूस नहीं करता वहाँ जाकर।

''सहज नहीं लगता मतलब, वहाँ क्या कोई तुम्हें पकड़कर रख लेगा अपने पास'' – मैंने कहा।

''मुझे अपने गाँव की जिन्दगी से प्यार है लिटिल प्रिंसेस; यहाँ लोग

सीधे है, सच्चे, कोई तीन पाँच नहीं जानते, गरीब हैं बहुत... इतने कि दो वक्त की रोटी के लिए मजदूरी करते हैं, पर 12 घंटे में 1 ही वक्त का जुटा पाते हैं। इनके लिए बैंक में बैठकर भगवान होता हूँ मैं- अनुसार ने बताया।

सुनती रही मैं, सोचती रही घंटों... न जाने कब तक सोचा। सुबह की अरुणिमा का लाल आँचल अपनी रंगत समेटकर जाने लगा था दूर अनंत आकाश की ओर। शाम के दिए तले मेरी आँखें अब सपनों के हकीकत में बदलने की राहें तकते-तकते बेचैन हो चुकी थीं। बेसब्री इतनी थी देहरादून जाने की, मानो स्वर्ग से वापसी का हर निशान मिटाकर आऊँगी, ताकि वापस आना भी चाहूँ तो पदचिन्ह न मिलें और मैं वहीं रह जाऊँ। जो-जो कसर रह गयी थी, पहले वो सब पूरी करनी है, जितने दिन खो दिए बिना जिए वो सब जीने हैं। वक्त को मुट्ठी में भींचकर रोक लेना है और मुट्ठी पर फेविकोल लगाकर उसे हमेशा के लिए बंद कर देना है।

अनुसार एक हद तक घबराया हुआ था मेरे देहरादून जैसी सुंदर जगह जाने को लेकर, जहाँ प्रकृति अपनी छटा बिखेरते कभी थकती ही नहीं, सूरज कुछ इठलाकर सुबह उगता वहाँ और चाँद, समय पर आने में जरा भी नहीं कतराता। वहाँ के नजारों के बारे में सुनना किसी कोहरे वाली ठंड में चाय के गर्म स्टील के गिलास को सुन्न हाथों में पकड़कर बैठने जैसा था।

वो सही कह रहा था या नहीं, उसकी बातों में मुझे लेकर कितनी सच्चाई थी, ये सब अभी भविष्य के गर्भ में था, जो आने वाले समय में खुलेगा या नहीं, ये कोई नहीं जानता था।

काउंसलिंग और अनुसार की बैंक की मीटिंग दोनों एक ही दिन पड़ रही थी, लिहाज़ा उस दिन आपस में इत्तेफाक रखना थोड़ा मुश्किल था हमारे लिए। अनुसार, इस सब प्रकरण से कुछ चिढ़ा हुआ-सा था, लेकिन जाहिर वो कभी नहीं करता था। मेरे लिए मेरा नया कॉलेज मिल जाना एक नई यात्रा की शुरूआत थी, जिसमें पुराना कहीं छूट न जाए; इसकी फ़िक्र अनुसार को दिन-पे-दिन घोल रही थी। उसका घुलना, चीनी का पानी में मिल जाने जैसा था। मैं चाहकर भी उसे इस बात का यकीन नहीं दिला पा रही थी, कि वहाँ जाकर मैं नहीं बदलूँगी, मुझे शहर की हवा नहीं लगेगी, मुझे आगे भी एक वक्त में जब उसकी मदद की जरूरत पड़ेगी, तो मैं

भागकर उसकी सरसराहट को तलाश करूँगी, जिसने मेरे मुश्किल वक्त में मेरा हमेशा साथ दिया, उसका साथ मैं हमेशा दूँगी।

''मैं देहरादून जा रही हूँ अगले महीने'' – मैंने उसे आँखों में दरिया लिए भरी आवाज़ से बताया।

''ये तो अच्छी खबर है।'' – उसने कहा।

''हाँ, बिलकुल'' – मैंने कहा।

''फिर रो क्यों रही हो?'' –उसने पूछा।

''बेचैनी हो रही है, इसलिए।'' – मैंने बताया।

''यही तो चाहती थी न तुम लिटिल प्रिंसेज।'' – उसने याद दिलाया।

''वो तो है, पर...'' – मैं कहते-कहते रुक गयी।

''पर वर कुछ नहीं, बस अपनी यही मासूमियत, अपना यही बचपना अपने अंदर से कहीं जाने मत देना प्रिंसेज, यही तुम्हारी खासियत है।'' – अनुसार ने फिर मेरी हिम्मत बढ़ाई।

''मैं हमेशा ये याद रखूँगी सर।''– मैंने कहा।

''आज बड़े दिनों बाद सर सुना तुमसे।'' – ये असल में किस लहजे में बोला गया, मैं समझ नहीं पाई।

''वो बस ऐसे ही।'' – झेंपकर बात टाली मैंने।

''कोई भी दिक्कत हुई वहाँ लिटिल प्रिंसेज को तो मैं तुरंत आ जाऊँगा।'' – अनुसार ने बड़े विश्वास के साथ कहा।

'थैंक्स।' – मैंने मुस्कराकर कहा।

यहीं थोड़ी रखा है इलाहाबाद... लगभग 800km है; कहाँ से आ पायेगा, बहुत तुर्रम खां भरे हैं दुनिया में, पर अनजान के लिए इतना भी नहीं हो रहा – इतना सोचकर दिमाग पर जोर डालना बंद कर दिया मैंने।

ये एक महीना मिनटों में छू हो गया, जब खुशियों की पैकिंग शुरू

हुई। छुक-छुक करके मसूरी एक्सप्रेस चली, तो सीधा देहरादून ही जाकर रुकी। हरिद्वार की गंगा में मेरे साथ मेरे झुमके ने भी गोते खाए, बस फर्क इतना था कि मैं बाहर आ गयी और झुमका अंदर रह गया। दुःख नहीं था, क्यूँकि झुमका सोने का नहीं बल्कि प्लास्टिक का था।

शुक्र है प्लास्टिक पर ही बीती – कान पर हाथ फिराते हुए मैंने अपने तरीके से गंगा मैय्या का शुक्रिया अदा किया।

फिर सफर में पहाड़ आना शुरू हुए, तो मन की आवाजें गहरी होती चली गयीं। पहाड़ों पर आवाजें कुछ गूँज कर आती हैं मानों किसी को ढूँढ़ने में खुद को झोंक दे रही हों। मुझे खुद को ढूँढ़ने का समय अब इतना करीब आ गया था, जो मुझे इन पहाड़ों तक खींच लाया। एडमिशन के वक्त देखा तो था, पहाड़ों से चौतरफ़ा घिरा घाटी में बसा वो कॉलेज; मेरी नन्ही-सी दुनिया, जिसके लिए न जाने कितना इंतजार किया था मैंने। मेरे वो सपने, जो हर रात मुझे आकर बेपनाह सताते थे... आज़ाद उड़ने के सपने। यहाँ का खुला-खुला आसमान, अपने उस बंद जेल जैसे कमरे से कोई ताल्लुक नहीं रखता था, जहाँ मैंने सारी अपनी पुरानी दर्द भरी जिन्दगी गुजारी थी, जहाँ मुझे सिर्फ और सिर्फ धोखा मिला था। मैं उस दुनिया से दूर कहीं भाग जाना चाहती थी; किसी ऐसी जगह, जहाँ कोई मुझे रोके टोके नहीं, जहाँ मैं अनुसार से मिल सकूँ (अगर वो चाहे तो)। जहाँ मैं अपने हर सपने को एकांत में उड़ानें दे सकूँ... पंछी पीछे रह जाएँ, जब मैं उड़ना शुरू करूँ। बस इतना दूर इतना ऊपर निकल जाऊँ, जहाँ से पिछली कोई परछाईं भी मुझे छू न सके। मैं यहाँ एक कॉलोनी के घर में पेइंग गेस्ट के तौर पर रहने आई थी; जहाँ से मेरे नये कॉलेज की छोटी-सी दुनिया, बड़ी-बड़ी और साफ़ दिखाई पड़ती थी। खोये-खोये उस पार आखिर निकल ही आई थी मैं, जहाँ से मेरे ख्वाब साँस लेना शुरू करते हैं।

''लिटिल प्रिंसेज का स्वागत है एक नई दुनिया में; यही चाहती थीं न तुम?''– अनुसार ने पूछा, जब मैं थक टूट कर अपने कमरे के बिस्तर पर लेटी हुई थी।

''हाँ अनुसार, मैं अपने सपनों को पास से छूकर देख पा रही हूँ; अब कोई शीशा नहीं है बीच में'' – मैंने सुकून भरी आह के साथ कहा।

''तुम खुश तो हो न प्रिंसेज?'' – अनुसार ने पूछा।

''हाँ, बहुत''– मैंने मुस्कराते हुए कहा।

''साथ ही मैं तुम्हारी बहुत बड़ी शुक्रगुजार हूँ'' – मैंने भावनाओं में बहते हुए कहा।

''मैंने क्या किया?'' – उसने पूछा।

''सब कुछ तुम्हीं ने तो किया है... अगर तुमने मुझे इतना समझाया, इतना सँभाला न होता, इतनी ताकत न दी होती, तो आज न जाने मेरा क्या होता; पता नहीं मैं खड़ी रह भी पाती या नहीं।''– मैंने, दिल में जो था, सब कह दिया आज।

''ऐसा कुछ नहीं है प्रिंसेज; तुम हो इस लायक, तुम्हारी मासूमियत देखकर कोई भी पिघल जाए... कहीं न कहीं मुझे तुमसे दया के रिश्ते ने बाँधा हुआ था। उस वक्त, जब तुम रोती थीं, तो लगता था, क्या ऐसा करूँ कि तुम्हारी ये तकलीफ दूर हो जाए... मैं सिर्फ तुम्हें नहीं, मैं किसी को भी ऐसे नहीं देख पाता हूँ; इतना रोया हूँ न जिन्दगी में'' – अनुसार का दिल मेरी धड़कनों को सुनाता रहा सब और मेरी धड़कनें धक-धक की आवाज़ के साथ उसकी सारी बातों को स्वीकारती रहीं।

देहरादून सफारी

''कोई है अंदर!'' मैं सीजन का सबसे सड़ा हुआ-सा मुँह बनाकर उठी, तो किसी के जोर-जोर से दरवाजा बजाने की आवाज़ मेरे कानों में पड़ी, जो साफ़ तौर पर मुझे कड़वी ही लगी।

''एक मिनट, आती हूँ'' – हबड़ा-तबड़ी में उठकर जैसे मैं सोयी थी वैसे ही उठकर नींद में भागी।

''कौन मरा है इस वक्त; ये तो कोई वाजिब समय नहीं हुआ आने का।''– खुद में भुनभुनाकर दरवाजा खोला मैंने, तो सामने एक साँवली लड़की को पाया, जो 3 बड़े-बड़े बैग से लदी थी। दोनों कंधों पर दो बैग और बचा हुआ सबसे हल्का वाला उसकी 26 इंच की कमर पर लदा था, जिसके वजन से उसकी कमर लगभग आधा इंच नीचे की ओर स्थायी रूप से झुकी हुई थी।

''ओह, आप ये बैग दीजिये मुझे एक।'' – कहकर मैंने उसके हाथ से एक बैग ले लिया, तब वो सीधी हो पाई।

तुरंत ही वो लपक कर मेरे साफ़ वाले बेड पर बैठ गयी और पानी की

बोतल देखने लगी।

"ये लो।"– मैंने बोतल उसकी तरफ बढ़ाई, तो एक साँस में आधी बोतल गटक गयी वो।

"रूम शेयर करने आई हो?" – मैंने एक और गोली दागी।

"हाँ, अबसे तुम्हारी रूममेट हूँ, लेकिन जॉब में हूँ मैं यहाँ; तुम तो कॉलेज में हो न?"– उसने पूछा।

"हाँ, कॉलेज में; पर तुम्हें ये कैसे पता?" – अब वो मेरे सवालों के लिए तैयार होने लगी थी।

"अभी नीचे आंटी से पूछा था मैंने।" – उसने बताया।

"यहाँ का सब देखा भाला है मेरा, क्योंकि मैं यहाँ काफी वक्त से हूँ; कुछ पूछना हो यहाँ के बारे में तो पूछ लेना।" – उसने अपने वहाँ पर पुराने होने का फायदा बताया।

"खाने का क्या रहता है यहाँ?" – मैंने पूछा।

"रात का खाना 8 से 9 बजे के बीच में आंटी खुद किसी से भिजवा देती हैं, लेकिन उनका टिफिन माँजकर ही भेजती हूँ मैं; तुम भी यही कर सकती हो"– उसने साथ में सुझाव भी देते हुए बताया।

"ओह, ठीक-ठीक।" – मैंने उसकी बातों को पूरा समझते हुए कहा।

उसके सीनियर होने की मुझे ख़ुशी है – ऐसा मैंने अनुसार को भी बताया, तो उसे भी ये बेहतर लगा।

"फिर तो जब मैं तुमसे मिलने आऊँगा, तब वो काफी मदद कर देगी वहाँ की जगहों को लेकर" – अनुसार ने अचानक कहा।

यहाँ आओगे तुम!– मैंने पूछा, जैसे मुझे अविश्वसनीय लगा हो।

"हाँ, देहरादून अकेले-अकेले घूमना है क्या; इतनी सुंदर जगह मुझे नहीं घुमाओगी? – अनुसार ने कहा तो हँस पड़ी मैं।

"बिल्कुल घुमा दूँगी, क्या बात कर दी आपने; जब फुसरत मिले बता

देना।'' – मैंने कहा।

''अभी तुम कॉलेज ज्वाइन कर लो, स्थिर हो जाओ वहाँ, फिर बताओ मुझे... मुझे तो तुम जब कहोगी मैं छुट्टी लेकर आ जाऊँगा बैंक से।'' – उसने कहा।

''ठीक है फिर तय रहा'' – मैंने चहकते हुए कहा और रात का नजारा देखने खिड़की पर आ गयी।

8 बजने में अभी भी 8 मिनट बाकी थे और घरवाले भी मुझे यहाँ छोड़कर घर पहुँचने ही वाले थे। कल सुबह कॉलेज पहली बार जाना था, लिहाज़ा उसको लेकर भी मैं काफी नर्वस थी, साथ ही उत्साहित भी। घर पर भी अपने जिन्दा होने के हाल-चाल देने थे और सुबह की तैयारी भी करनी थी। दिल, रजनीगन्धा के फूलों- सा महक रहा था और बातें रातरानी-सी खिल उठी थीं। यहाँ के पल-पल बदलते खूबसूरत मौसम को देखकर मन का मोर डोलने लगता तो आसमान की तरफ देखकर मैं सोचती, कितना सुंदर है अब सब-कुछ। एक वक्त था जब सामने अँधेरा था एकदम, सारे रास्ते बंद थे... देह पर कीड़े से चलते थे, जिनकी हूक भरी आवाज़ कानों को पिघलाकर खून को जमा देती थी। घाव सड़ते थे वहाँ और जख्म नासूर से चुभ रहे थे... आत्मा पर मक्खियाँ एक सुर में रेंगकर आगे बढ़ रही थीं, मानो किसी प्रतियोगिता में हिस्सा लिया हो; जिनके शरीर पर दौड़ने पर एक तेज दुर्गन्ध का रिसाव, आत्मा को भी सालकर रख देता था; तब दूर कहीं शून्य से एक मद्धिम-सी लाल रंग की रोशनी पीलापन लिए दिखाई पड़ना शुरू हुई, जो आगे आते-आते एक बड़े अलाव में बदल गयी। वो अनुसार ही था, जो देखते ही देखते मेरी जिन्दगी का ठहराव बन गया... किसी ढलते सूरज जैसा निर्मल, ठंडक देने वाला, शांत, कोमल, मलिनता से कोसों दूर, एक सच्चा दिल, जिसने सिर्फ देना सीखा था।

'तुम्हें अब सो जाना चाहिए लिटिल प्रिंसेज; तुम्हें सुबह कॉलेज जाना है न, – खाना खाकर बस अनुसार से मेसेज में इतनी ही बात हुई।

'बस, पापा से बात करूँगी अभी, फिर सो ही जाऊँगी।'– मैंने कहकर फ़ोन एक तरफ रखा और अपने बाकी कामों में व्यस्त हो गयी। कब फिर से

नींद के हल्के से झोंके ने मुझे कैद कर लिया, याद नहीं। मेरी हमेशा से ये खूबी रही है कि मुझे अपनी नींद का समय याद नहीं रहता, चाहे नींद कितनी भी कम क्यों न हो।

अनुसार के शायराना लफ़्ज़; अब कागजों की जगह मेरे फ़ोन पर आने लगे थे।

खूब ये हसीन नजारे थे, खूबसूरत कश्तियों से हट रहा था पानी, समन्दर भी गहरा रहा खूब, तेरी आँखों की गहराई का मुकाबला कहाँ।

आँखे बंद कर लो लिटिल प्रिंसेज, सुबह उठकर वक्त को तुम्हें शुरू करना है।

अरे! नींद में नहीं देखा मैंने। – सुबह के 6 बजे थे और मैं अलार्म के समय होने से कहीं पहले उठ गयी थी, जिसके बाद सबसे पहला काम अनुसार का मैंसेज तो नहीं, ये चेक करना होता था।

ओह, रात की शायरी अब पढ़ी मैंने उसकी। – मैंने खुद में अफ़सोस जताया।

चलो कोई नहीं, अभी उठा तो नहीं है न, आज गुड मॉर्निंग मैं विश करती हूँ – सोचकर मैंने अपने तरीके से उसको संदेश छोड़ दिया; जिसकी प्रतिक्रिया आना अभी बाकी था।

समय अभी बहुत था कॉलेज जाने में, तो मैंने छत पर अपना कदम रखने के बारे में सोचा। ब्रश करके बालों में कंघा लगाया, जिसके बाद अगला स्टेप फेसवाश करना होता था मेरा। न जाने क्या सोचकर मैंने फेस को वाश नहीं किया और ऐसे ही छत की तरफ बढ़ गयी।

अब हमारी बातों का समय बढ़ाकर सुबह के ठीक 7 बजे से शुरू होकर 8:30 तक रखना था, जिसके बाद मुझे नाश्ता करके कॉलेज जाना होता था।

अगस्त का महीना था, लिहाज़ा सुबह 6 बजे भी अँधेरा होने की गुंजाइश नहीं थी। बादल इतने करीब से दिख रहे थे, मानो हाथ बढ़ाकर छू लो... इतने सफेद कि मानो छू दिया तो मैले हो जाएँगे और इतने गुदगुदे,

जितना मेरा अब तक का कोई टेडीबियर न रहा होगा। दूर तक मसूरी के पहाड़ अपनी खूबसूरती हर तरफ लुढ़का रहे थे, जिस पर हरी-हरी काई दूर तक चमकदार लहजे में अपने होने का अहसास करा रही थी। हल्की हवा, मीठे-मीठे से मुँह में घुले लड्डू जैसे पिघल रही थी, जो चेहरे से टकराकर अपने अस्तित्व के होने का गुमान दिखाने का स्वांग रच रही थी।

हाँ, मैं आज पहले दिन ही यहाँ की खूबसूरती पर अपना दिल लुटा गयी थी... ऐसे में अनुसार जैसे किसी का जिन्दगी में होना जिन्दगी को जन्नत बना देने जैसा था।

पंख लगाकर वक्त उड़ा, तो सीधा 7 बजे मुझसे टकराया। जिस रास्ते छत पर चढ़ी थी गैं, ठीक उसी रास्ते वापस आ गयी।

"तुम कहाँ से डोलकर आ रही हो?" – रूममेट ने पूछा।

मैं जल्दी उठ गयी थी यार, तो बस, छत पर चली गयी थी।'' – मैंने बताया।

"क्या छत खुली हुई थी?" – उसने अचरज से पूछा।

'हाँ' – मैंने बताते हुए अपने फ़ोन की तरफ देखा, जिसे मैं प्रकृति का आनन्द लूटने के चक्कर में नीचे छोड़ गयी थी।

तुम कॉलेज में मुझे बताती रहना वक्त-वक्त पर, कि अब तुम ठीक हो न; क्या कर रही हो क्या नहीं, क्लास कब तक है और क्लास खत्म होने पर वापस कब आओगी? – ये सब गिनवाकर उसने एक गहरी साँस ली, तो हँसी छूट पड़ी मेरी।

"ऐसे क्या गिनवा रहे हो; अच्छा ठीक है मैं सब बताती रहूँगी।" – मैंने उसकी फ़िक्र पर तसल्ली की मोहर लगाई।

"अच्छा सुनो, तैयार होकर कॉल करना; तुम्हें देखना था। वैसे तो, कोई फोटो डालना अपनी यूनिफार्म में, देखें तो लिटिल प्रिंसेज कैसी लगती है यूनिफार्म में।" – उसने कहा तो मुझे एक और काम बढ़ जाने का अहसास हुआ।

फोटो भेजूँ अब – मैंने सर पकड़कर बुदबुदाया; पर मुझे ये अच्छा लगा, आइसक्रीम में लास्ट में बचे बिस्किट जैसा।

गर्मी थी, लेकिन अभी इस वक्त यहाँ बहुत गर्मी नहीं थी। गर्मी होने का मतलब यहाँ सुबह-सुबह पसीने से चिपचिपाता बदन नहीं होता था, बल्कि बस गर्मियों वाले कपड़े पहनकर पंखे के आस-पास मँडरा लेना सुबह के लिए काफी था। यहाँ कभी भी बारिश हो जाया करती, थोड़ी देर के लिए, जैसे कभी नहीं रुकेगी; लेकिन 5 ही मिनट बाद ऐसा होता, मानो अब कभी बारिश पड़नी ही नहीं है। कभी भी बदल सकता था यहाँ का मौसम... ठीक किसी के भी खयालों की तरह; ठीक मेरे दिन पर दिन बदल रहे सपनों की तरह, मेरे सोचने से लेकर करने तक के लिए की गयी कोशिशों की तरह।

मैंने आज जब पहली बार यहाँ की ये यूनिफार्म पहनी और पहली तस्वीर अनुसार को भेजी; तो फ़ोन नोकिया आशा 200 हुआ करता था। अगर आजकल के कैमरे की क्वालिटी पर जाएँ तो उस हिसाब से तस्वीर की गुणवत्ता हमारे देश में बनी किसी पुरानी हिंदी फिल्म के ब्लैक एंड व्हाइट चित्र जैसी थी, जिसमें बस इतना ही समझ आ पा रहा था कि तस्वीर में मैं ही हूँ मेरी यूनिफार्म के साथ। इस वक्त जरूरी यूनिफार्म वाली तस्वीर थी; वो तस्वीर, जिसके अपलोड होने के लिए मैं 15 मिनट परेशान हुई थी, क्यूँकि नेट की स्पीड साथ नहीं दे रही थी। वही तस्वीर, जिसे देखकर अनुसार ने यूनिफार्म वाली प्रिंसेज कहा था। बेशक, वही तस्वीर, जिसे खुद ही मैंने सौ से ज्यादा बार देखा था और उतनी ही बार आँखें भर आयीं थीं।

कॉलेज का रास्ता आंटी के घर से मुश्किल से करीब 450 मीटर रहा, जिसे पहले दिन तय करने में मुझे 12 से 15 मिनट लगे अपनी धीमी गति के चलते। आज पैरों में मानो मेहँदी लगी थी और तलवों में आलता... साथ ही पायलों के वजन ने चाल को बदलकर धीमा और सुनियोजित बना दिया था। वहाँ कदम रखने के उत्साह ने मेरी चाल को बढ़ाने की बजाय और कम कर दिया था, जिसके चलते मेरी घबराहट बढ़ रही थी। कॉलेज में घुसने से लेकर क्लासरूम का पता करने तक धड़कन तेज रही, फिर सामान्य होने लगी थी। मैंने आगे चलने की राह में यूनिफार्म पहने कुछ लड़के लड़कियाँ देखे; कुछ बिना यूनिफार्म भी दिखे, जिन्हें देखकर मुझे उनके, स्टाफ या

नॉनस्टाफ होने की आशंका हुई। कुछ शायद एडमिशन कराने आए हुए हों, या फिर पूछताछ वाले भी हो सकते हैं... विद्यार्थियों के साथ किसी मदद के लिए भी आये हो सकते हैं।

साथ में कुछ यहाँ के पुराने पढ़े विद्यार्थी भी हो सकते हैं। फिर इसी क्रम में दायें-बाएँ देखने पर चहलकदमी कुछ कम दिखी; उसी से अंदाजा लगाया गया कि इस चेम्बर में डायरेक्टर के विराजमान होने की अटकलें तेज हैं, तभी यहाँ इस कद्र सुनसान पसरा हुआ है। मैंने उस जगह से तो नजर बचाकर निकलना अपने आप में उपलब्धि मानी और अपनी इस जीत पर मुस्कराते हुए क्लास में पहुँची, तो पूरी क्लास में एक लड़की बैठी हुई थी।

फर्स्ट ईयर? – मैंने उसकी तरफ ऊँगली का इशारा करके पूछा।

‘हाँ’ – उसने गर्दन हिलाकर इतनी हल्की आवाज़ में बोला, मानो मुँह से बोल ही न निकल पा रहा हो।

मैंने एक बार घड़ी की तरफ देखा, जो 9:45 सुबह के वक्त का संकेत दे रही थी, जिसके हिसाब से क्लास में अभी वक्त था। इसके बाद मैं अंदर की तरफ बढ़ी और एक मुस्कान देते हुए उस लड़की की तरफ ध्यान से देखा। चमकीला-सा सूट पहने, बाल खोलकर किसी नाटक कम्पनी से आई लग रही थी वो। साथ में ऊँची हील पैरों में पहनना ठीक हो सकता है, लेकिन उन पर मोज़े... फैशन का कत्ल कर दिया था उसने; जिसे देखकर मेरा देहरादून के फैशन से लगभग विश्वास उठ ही गया था कि क्लास में बाकी विद्यार्थी आना शुरू हुए। कुछेक यूनिफार्म में थे और कुछ नहीं। रँगे हुए सीधे बालों का फैशन अब मुझे यहाँ ज्यादा देखने को मिल रहा था, जिसे देखकर मैंने भी फैसला किया था, एक न एक दिन मैं भी भूरे बाल जरूर रँगवाऊँगी।

सीट उसी चमकीले सूट वाली चमकीली के पास लेते हुए मैं बैठ गयी थी और बातें शुरू होने का इंतजार कर रही थी। क्लास में अभी भी 4 मिनट बाकी थे।

“तो तुम कहाँ से हो? यहीं से या कहीं बाहर से?” – मैंने बात शुरू

की।

''बरेली से हैं वैसे हम, लेकिन रहते अब यहीं हैं काफी टाइम से।'' – उसने बताया।

''अच्छा, परिवार में कौन-कौन हैं तुम्हारे?'' – मैंने पूछा।

''सब हैं।'' – कहकर उसने बात खत्म कर दी, तो मुझे थोड़ा अजीब लगा।

इसके बाद उसने भी कोई बात नहीं की, मैंने भी नहीं। इस लड़की का नाम प्रियंका था, प्रियंका शर्मा... बरेली से थी, जिसके पापा का तबादला कुछ साल पहले यहाँ हुआ था। इसके 2 बड़े भाई थे और एक भाभी; दोनों भाई जॉब में थे और इसके पापा सरकारी नौकरी में मोटा पैसा कमा रहे थे। ये सब बाद में मुझे कुछ गुप्त सूत्रों से पता चला, क्योंकि क्लास में टीचर न आने के चलते सब यहाँ से वहाँ सीट का तबादला कर रहे थे, तो मैंने भी एक गैंग को ज्वाइन किया था।

उसी में ये घोर चर्चा का विषय बनी हुई थी, इसकी बाहरी संरचना को लेकर। अनुसार की याद 1 घंटा 35 मिनट बीतने पर मुझे अब आई थी, जिसके बाद मैं उसकी नाराज़गी समझ सकती थी... लेकिन क्लास का कहूँगी तो मान जाएगा।

फ़ोन चेक करने पर एक संदेश पाकर मैंने फटाफट उँगलियों को फ़ोन के बटन पर घुमाया, तो अनुसार जैसे तैयार ही बैठा था चिट्ठी और लाल कलम लिए।

''कब से राह तक रहा हूँ, हो कहाँ तुम?'' – अनुसार ने तुरंत सवाल किया।

''बस कॉलेज में ही हूँ; एकदम से नहीं हो पाता है न... पहले हिसाब देख लूँ यहाँ का, क्या है, तब कर दिया करूँगी थोड़ी-थोड़ी देर में।'' – मैंने तसल्ली देते हुए कहा।

''ठीक है, अभी क्या कर रही हो?'' – अनुसार ने पूछा।

"बस, क्लास में बैठी हूँ।" – मैंने बताया।

"ठीक है।" – उसने कहा।

"पता है अनुसार, यहाँ सब कितना अलग है, ये जगह कितनी सुंदर है; जिस तरफ नजर घुमाओ, दूर-दूर तक हरा-हरा दिखता है, उसी के बीच में घर और क्लास है... मैं यहाँ आने के लिए कितना इंतजार करती थी न" – मैंने मन भारी करते हुए कहा।

"कैसी है क्लास, बाकी कौन-कौन है क्लास में, कितने बच्चे हैं और क्लास की टाइमिंग ... क्या-क्या है सब बताओ – अनुसार ने किसी बेचैन खोजी की तरह खबर निकालनी शुरू की।

"एक मिनट, एक मिनट... सब्र से अनुसार, एक-एक करके सब बताती हूँ" – मैंने कहा।

"देखो, सारी ही चीजें अभी अचानक से मैं कैसे बता सकती हूँ।" – मैंने थोड़ा खीझकर कहा।

"चलो तीन चार दिन में पता चल जाएगा, तब बताना" – उसने ठंडा- सा जवाब देकर बात को समेटने की भरपूर कोशिश की।

"ठीक है, तुम क्या कर रहे हो?" – मैंने अब उसका साक्षात्कार शुरू किया।

"बैंक में हूँ।" – उसने हमेशा की तरह कहा।

"आज ज्यादा भीड़ नहीं है क्या?" – मैंने अगला सवाल किया।

"नहीं, आ-जा रहे हैं कस्टमर, लेकिन मैं रिप्लाई का वक्त निकाल लेता हूँ जब फ़ोन बजता है।" – उसने बताया।

मैं आँखें फ़ोन स्क्रीन पर गड़ाए सीट के नीचे घुसने को तैयार ही थी कि अचानक सामने से कोई सफेद भूरे रंग की साड़ी में आती दिखी, जो निश्चित रूप से प्रोफेसर ही थी। अंदर आने पर सबकी तरफ एक सेकेंड की एक पैनी मुस्कान देकर वो सीधा अपने लेक्चर स्टैंड की तरफ जाकर खड़ी हो गयीं, जिसके चलते बाकी सबके मुँह में दही जम गया और मैंने फ़ोन को

पलो में गायब कर दिया। अनुसार से बात बीच में रह जाने का अफ़सोस रहा, पर उससे ज्यादा ये अफ़सोस रहा कि वो क्या सोच रहा होगा।

एक के बाद एक दो क्लास हुईं मेरी, दोनों ही 1–1 घंटे की, जिसके बाद 1 बजे मेरी क्लास खत्म होकर लंच ब्रेक होता था। हमारी प्रोफेसर ने हमें सिलेबस और क्लास की टाइमिंग्स बता दी थीं और आज का पहले दिन का समय आधे से ज्यादा क्लास का हो चुका था पर मैं थी कि क्लास में अकेले डटी रही 5 बजे तक। अकेले बैठे देखकर कोई टीचर भी वक़्त खराब करने नहीं आया, मैंने भी नहीं बुलाया। उन्होंने अपना काम करना जरूरी समझा मैंने अपना। 5 बजते ही मैं चल पड़ी आंटी के घर की ओर, अनुसार को अपने पर्स में रखे फ़ोन में कैद किये साथ लेकर और सफर यूँ ही कट गया।

2 लोग साथ होते हैं तो सफर चाहे घंटों का हो या कुछ मिनट का, कटने का पता नहीं चलता। ये जगह मेरे लिए जितनी नयी थी, उतना ही पुराना करके रखना चाहती थी यहाँ के हर एक किस्से को मैं। एक-एक चीज़ जान लेना चाहती थी... एक-एक दिन से लेकर हर एक मौसम को अपने सामने खिड़की पर निकलते देखना चाहती थी; अनुसार के साथ पूरा शहर घूमना चाहती थी और अकेले इस शहर में अपने हर एक सपने को जीना था मुझे।

वापसी आंटी के घर में हुई थी और जैसे आज हुई थी, वैसे अब रोज होने लगी थी। धीरे-धीरे मैं यहाँ की दुनिया में बसने लगी थी। यहाँ की हर चीज़ तो पहले से खूबसूरत थी, पर अब यहाँ के लोगों के साथ भी मैं घुलने लगी थी। नये दोस्त जैसे-जैसे जिन्दगी में आना शुरू हुए थे, अनुसार के लिए रिज़र्व हो चुका वक्त अब धीरे-धीरे बँटने लगा था, जिसके चलते अनुसार को कभी-कभी शिकायत भी होती थी।

अक्सर अनुसार जताता भी था कि अब मैं बिजी रहने लगी हूँ, जिसका कारण मेरा नयी दिनचर्या में ढल जाना ही था। अब हमारी एक मुलाकात होना जरूरी था। हमने एक-दूसरे को असल में कभी नहीं देखा था, तो कैसा दिखता होगा अनुसार मुझे ये जानने की जिज्ञासा भी थीं अनुसार भी ये शहर देखना चाहता था, मेरे कॉलेज को जानना चाहता था, मेरे रहने-खाने,

पहनने के तौर तरीकों से रू-ब-रू होना चाहता था। सबसे जरूरी चीज़; अनुसार और मैं अब एक-दूसरे से मिलना चाहते थे। हम सिर्फ एक मुलाकात पूरी करने के लिए नहीं मिलना चाहते थे। ये मुलाकात कुदरती थी, जिसमें हमारा न तो कोई हाथ था और न कोई भविष्य योजना। बस हम जानना चाहते थे एक दूसरे के उन चेहरों को, जिनके अहसास से मुझे ख़ुशी मिलती थीं... ये सोचना एक तरह से जादुई था... कुछ तिलिस्म-सा था अनुसार की आदतों में, जिसके चलते मैं न चाहते हुए भी अनुसार को आने के लिए मना नहीं कर पाती थी। अनुसार सब तरह से एक पिता की भूमिका निभाने के लिए तत्पर था और सुबह के 7 बजकर 30 मिनट से लेकर रात के सोने तक अनुसार मेरे केयर टेकर की तरह मेरे साथ उसकी दिली भावनाओं के चलते जुड़ा था।

लगता था बस कुछ वायदे हैं, जो अब कर लिए जाने चाहिए। कुछ झूठे वादे, कुछ हमेशा साथ देने के वादे, कुछ सच जिन्हें कभी दिल मानने को ही तैयार न हो... ऐसे आसमान के नीचे हमेशा साथ रहने का वायदा जहाँ कभी रात न होती हो, सिर्फ शामें हों। सिर्फ वो शामें, जिनमें बारिशें हों तो कभी न रुके, चाय आये तो कभी खत्म न हो, पकौड़े की खुशबू कभी हमें छोड़कर जाए ही न और हम दोनों की बसी इस छोटी-सी दुनिया में कभी कोई आये ही न।

खयालात के दौर अपनी जगह खुद बनाकर आगे बढ़ते जा रहे थे, जिनमें मेरी और अनुसार की बातों ने आज एक नया मोड़ लिया था। हमारी मुलाकात की कहानी में तारीख-ए-मिलन का तड़का लगने वाला था, जो तय था।

"कब आऊँ मैं प्रिंसेस नैनो के सुरमे"– अनुसार ने आज फिर पूछा, जब डिनर के बाद मैं अपना प्रेजेंटेशन बना रही थी।

"कॉलेज टेस्ट शुरू हो रहे हैं अगले हफ्ते से अनु।" – मैंने बताया।

"तब तक तो मैं आकर चला भी जाऊँगा" – उसने बताया।

"इतनी जल्दी।" – मैंने संशय किया।

''मुझे तो खुद परेशानी होगी, इतना जल्दी में; थोड़ा पहले पता चल जाता तो टाइम से रिजर्वेशन करा लेता मैं'' – अनुसार ने अपनी समस्या की गुत्थी मेरे हाथ में दी।

''हाँ वाकई; ये समस्या तो है ही; साथ ही मैं पहले ही टेस्ट खराब मार्क्स से पास नहीं करना चाहती।'' मैंने भी अपनी समस्या को हवा में लाते हुए साफ़ किया।

'फिर?' – अब माहौल में चिंता घुलने लगी थी।

''देखो अनुसार, मेरे टेस्ट के बाद दीवाली की छुट्टियाँ हैं; वैसे भी अक्टूबर का आखिर चल रहा है, क्यों न हम तब मिलें?'' – मैंने सुझाव दिया।

''हाँ बिलकुल; मुझे भी बैंक से ज्यादा छुट्टी नहीं लेनी पड़ेगी और तुम्हारे टेस्ट भी खत्म हो जाएँगे तो तुम भी चैन से घूम पाओगी।'' – अनुसार के भी दिमाग की बत्ती जली मानो सबसे आसान रास्ता मिल गया हो।

''लेकिन दीवाली की भीड़ में रिजर्वेशन की समस्या तो दोगुनी हो जाती है'' – मैंने याद दिलाने की सफल कोशिश की।

''मैं तत्काल में कराऊँगा, फिर अब, वो 24 घंटे पहले ही होता है; कहकर रखना पड़ेगा दुकान वाले दोस्त को।'' उसने कहकर अपनी बात को दोहराया भी, मानो खुद में याद रखने के लिए ऐसा कर रहा हो।

''तो फिर तय रहा, 2 हफ़्ते बाद का तुम्हारा देहरादून आना।'' मैंने ऐलान करके ढोल नगाड़ा बजा दिया, तो हम दोनों के मन ऐसे उछल पड़े मानो हमारी शादी की तारीख पक्की हुई हो।

ये उस पल का ठहराव था, जो हम दोनों की जिन्दगी को एक नये रोमांचक रिश्ते में जोड़ दे रहा था। जो अब तक अजनबी था, अब मैं उससे मिलने जा रही थी।

मेरे मन में डर और उत्साह के मिले-जुले भावों का संगम था। अब दिन कॉलेज और टेस्ट की जद्दोजहद में बीत जाता था और रातें अनुसार से

मुलाकात की प्लानिंग में फोन पर। समय इस रफ़्तार से आगे बढ़ेगा, सोचा न था। सच कहता था अनुसार, अभी खाली समय को महसूस कर लो प्रिंसेज, आगे चलकर नसीब नहीं होने वाला ये, इसे याद करोगी तुम... तब समझ आएगा। कैसे इस वक्त की जरूरत होगी, तब तुम्हें पर मिलेगा नहीं ये। उसकी कही एक-एक बात इतनी सच थी, ये मैं नहीं जानती थी। यूँ तो जानती मैं बहुत कुछ नहीं थी, लेकिन उस बहुत कुछ में कुछ ऐसा भी था, जो मैं जानते हुए भी जान-बूझकर नहीं जानना चाहती थी। मैं अनुसार की केयर तो चाहती थी, पर उसका प्यार नहीं। मैं किसी रिश्ते में नहीं बँधना चाहती थी, जिसके चलते मुझे आगे दिक्कतें हों... दिल जुड़कर टूटे या और भी बहुत कुछ। कुल मिलाकर मैं उसे खोने से काफी डरती थी... मिलने से पहले ही।

टेस्ट अच्छे हो रहे थे और जिन्दगी सामान्य हो चली थी। देहरादून को लेकर थोड़ा-थोड़ा जानने समझने लगी थी मैं। क्लास में यहाँ की जगहों और वहाँ कैसे पहुँचा जाए, को लेकर अक्सर जिक्र होता मेरी तरफ से, तो सब मेरी उत्सुकता देखकर अपने अलग-अलग मतलब निकालने लगते, जिसके चलते मैं जवाब में बस मुस्कराती तो हवा में पेड़ों की खुसफुसाहट घुल जाती।

आज मेरा इकोनॉमिक्स का आखिरी टेस्ट था, जिसके अगले दिन अनुसार सुबह आने वाला था।

बस कौन घड़ी आये और ये टेस्ट खत्म हो, के इंतजार ने मेरे हाथों में लगभग चिपकी कलम की गति को इतना तेज कर दिया, कि घड़ी के घूमने से पहले मेरी कलम पूरी शीट पर घूमकर उसको नीला रंग चुकी थी।

''आज इतनी जल्दी!'' – मैडम आश्चर्य से शीट पलट-पलटकर देखती रह गयीं।

''मैं जाऊँ मैम...'' – मैंने हडबडा कर पेन को किट में ठूँसते हुए कहा।

''बिलकुल चली जाना, लेकिन 1 घंटे से पहले किसी को बाहर भेजने की परमिशन नहीं है।'' ड्यूटी टीचर ने हाथ में बँधी मल्टी रंग वाली घड़ी

की तरफ अपने चश्मे का फ्रेम घुमाते हुए कहा।

"लेकिन जाने दीजिये न मैम, मुझे कुछ जरूरी काम है, इसीलिए मैंने इतना जल्दी सब किया।'' मैंने बेचैन होते हुए कहा।

"टेक योर सीट बेटा; 5 मिनट बचे हैं, चले जाना उसके बाद।'' – उन्होंने अपना सरकारी फरमान सुनाकर मुझे मेरी सीट का रास्ता दिखा दिया।

मैं उँगलियाँ चटकाते हुए टिक तो गयी, लेकिन वो 5 मिनट आज काटना मुश्किल हो गया। वो हर सेकेंड की टिक-टिक कानों में छेद करके गुजरी किसी मशीनगन जैसे हुए, क्योंकि मुझे यहाँ से सीधा पार्लर जाना था, अपने रूटीन ट्रीटमेंट के लिए। हालाँकि मैं इसे इसी वक़्त कराना जरूरी नहीं समझती थी, क्योंकि अनुसार एक गाँव का सीधा सच्चा लड़का था, जिसे इस सबसे कभी कोई मतलब नहीं था, लेकिन आदतन कोई आने वाला हो तो मैं इसे अपने लिए जरूरी समझती थी।

पार्लर में 1 घंटा लगेगा मुश्किल से; अगर भीड़ हुई तो कह नहीं सकते, लेकिन एक दो लोगों में तो मोटा-मोटा वक्त यही मानकर चलो। इसके बाद खाना खाऊँगी और सो जाऊँगी। फिर कोई मार्किट का बचा हुआ काम हुआ तो शाम को अपनी रूममेट के साथ निपटा लूँगी। हिसाब लगाने में तो कोई सुबह से रात कर ले तो भी कम... फिर ये तो 5 मिनट थे, चलते बने अपनी राह अपनी टिक-टिक पूरी करके। हाँ, जेल से छूटकर भागना और खाली बैठी लड़की का पार्लर की ओर भागना, कोई खासा फर्क नहीं होता दोनों में। दोनों में ही ख़ुशी का ओर छोर पाना मुश्किल है फिर मैं तो ठहरी अनुसार से मिलने को बेताब कोई जोगन मीरा, जिसे कल किसी अजूबे के दर्शन होने थे। वास्तव में ये अजूबे से कम था ही कहाँ... अनुसार इतना लम्बा सफर तय करके आ रहा था। वो कुछ मिनट बाद चलने वाला था अपने बैंक से इलाहाबाद की बस पकड़ने, जो उसे शाम तक इलाहाबाद रेलवे स्टेशन पहुँचने में मदद करने वाली थी, जहाँ से तय होना था उसके इलाहाबाद से देहरादून का सफर, गाड़ी संख्या 14114 से। उसके होटल में रुकने से लेकर उसके घूमने और खाने-पीने की पूरी व्यवस्था मैं देख रही थी। बस अब कोई होटल चाहिए था, जो मेरे रूम के

एकदम पास हो।

''इतना क्या बौरा रही है?'' – नेहा ने कहा (नेहा मेरी रूममेट थी, जिसका नाम मैं इसलिए नहीं लेती थी, क्योंकि इस नाम से मुझे पर्सनली बहुत चिढ़ थी)।

''अरे यार, पहली बार आ रहा है इतना दूर, अकेले; गाँव का बन्दा है, वो भी पुरबिया... कोई दिक्कत हुई तो कैसे हैंडल करेगा यहाँ; मैं चाहती हूँ सब कुछ आराम से हो उसके लिए।'' मैंने बताया।

''बच्चा नहीं है वो, आ जाएगा और रह लेगा; पागल जैसी बातें मत कर।'' रूममेट ने कहा।

''तू नहीं समझ रही; पहली बार किसी जगह आकर परेशानी होगी उसे, जबकि मैं हूँ यहाँ ये सब देखने के लिए।'' मैंने अनुसार के आराम के लिए सफाई दी।

''ठीक है माता, चलेंगे; यहाँ पास ही में एक होटल है, वहाँ पता कर आते हैं चलकर।'' – रूममेट ने कहा।

25 मिनट बाद सज-धजकर हम दोनों अच्छे बच्चे बनकर शांति से बाजार की तरफ निकले। नये-नये लोगों का दिखना मेरे लिए महज इत्तेफाक कभी नहीं होता, अगर उनमें मुझे अपने काम का कुछ दिख जाता है। बाकी सारी लड़कियों की तरह मैं भी उस वक्त के चलते फैशन, उस जगह के देसी तौर-तरीकों में दिखने वाली समानता और भिन्नताएँ मुझे आकर्षित करती हैं, चाहे मैं जहाँ भी जाऊँ। इस शहर में सब लड़कियाँ जूड़ा बहुत बनाती थीं। हर किसी के घने, मोटे, लम्बे बाल प्रायः देखकर मन में कोफ़्त होना उसके लिए अनोखा नहीं है, जिसको कुदरत का वो तोहफा न मिला हो। इनमें मेरा भी नाम आता था। मुझे भी कुढ़न होती थी, लम्बे घने बाल देखकर, क्योंकि मेरे बाल अपनी जगह से हिलते ही नहीं थे।

इसके अगले कठिन 15 मिनट की मशक्कत के बाद हमें रोड पर ही एक होटल दिखा, जो बाहर से एक बोतल के आकार का था, लेकिन छोटा- सा था।

''होटल किंगफ़िशर।'' उसके सामने खड़े होकर मैंने बोला।

''सामने एक फ़ूड कॉर्नर भी है इसके।'' – मैंने कहा।

''हाँ, अगर अंदर कुछ अच्छा न हुआ, या कुछ और खाने का मन हुआ तो यहाँ से मिल जाएगा।'' – रूममेट के दिमाग की बत्ती भी उसी वक्त जली थी, जब मेरी।

अंदर जाकर देखा तो एक गलियारे में लाइन लगाकर 5 या 6 कमरे बने थे जो एक फ्लोर की कहानी थी। होटल ज्यादा बड़ा नहीं था, लेकिन डबल स्टोरी था। ऊपर का फ्लोर भी वैसा ही था जैसा नीचे। एक ही जैसे कमरे, लगभग एक ही साइज़ के बेड; एक ही रोशनदान और सबमें एक ही साइज़ का टीवी, मानो किसी कमरे के साथ जरा भी ज्यादती न की गयी हो।

'रेट ज्यादा हैं आपके'' – मैंने रिसेप्शन पर मोल-भाव के उद्देश्य से कहा।

'क्या मैडम, कहीं भी पता कर लेना, हमारे जैसी सुविधायें पूरे देहरादून में इससे कम रेट पर कोई आपको दे दे तो; हम तो बहुत सही ले रहे... राजपुर पर देखो आप कितना महँगा है सब।'' – उसने कहा।

''क्या भैय्या आप भी, हमें राजपुर से क्या लेना-देना?'' – मैंने कहा।

''आपका अच्छा है, तभी तो हम आये यहाँ, बस रेट और सही कर लीजिये आप, तो बात बने'' – रूममेट बोली।

''अब तो सीजन भी नहीं है टूरिस्ट का, तब भी कम नहीं कर रहे आप।'' – मैंने फिर दिमाग पर जोर डालकर कहा।

''अच्छा ठीक है, 1500 का रेट है हमारा, 1300 दे देना बस; इससे कम नहीं हो पायेगा'' – उसने खीझते हुए कहा।

''चलो ठीक है बुक कर दो।'' – मैंने पक्का कर दिया।

मेरे पीजी से पास भी है, सामने खाने-पीने की दुकान भी अच्छी है, रेलवे स्टेशन से भी सीधा-सीधा रास्ता है, अब कोई दिक्कत नहीं होगी अनुसार को आने में – मैंने मन ही मन कहा, जब हम वापस आंटी के घर

के लिए जा रहे थे।

''तो कल सुरमा मैडम किसी को डेट करने वाली हैं...।'' रूममेट ने आँख मारते हुए कहा।

''डेट कहाँ, बस ऐसे ही, ये तो दोस्त हैं बस।'' मैंने सिर्फ इतना कहा, फिर सोचने लगी दोस्त तो नहीं कहा जा सकता, लेकिन डेट भी नहीं कर रही हूँ... क्या कहना चाहिए, क्या कहा जाएगा; पता नहीं।

अनुसार बैंक से निकल चुका था और इलाहाबाद जाने वाली बस में सफर करके हर सेकेंड मेरे शहर के करीब पहुँच रहा था। उसके मन के भूचाल को समझ पाना शायद आसान न हो, लेकिन मेरे मन में हजारों खयाल पैदा होकर दम तोड़ते नजर आ रहे थे।

हर आहट पर घड़ी की तरफ आँखें खुद-ब-खुद दौड़ पड़तीं, जिसके बाद, कल कब आएगा का खयाल किसी उँगली पर से धीरे-धीरे छूट रहे नेलपेंट जैसे बेताब करता। दिल, किसी बच्चे के खिलौने पाने जैसी अटूट जिद करने लगता और किस्सा, किसी के चेहरे पर बढ़ रहे अनचाहे बालों जैसे आगे बढ़ने लगता।

''किसी भी अनजान से तू कैसे मिलने जा सकती है ऐसे?''– मेरी रूममेट के मन के सवाल किसी पहेली जैसे खत्म ही नहीं हो रहे थे।

''मुझे भी डर लगा था, लेकिन उसका यहाँ कोई जानने वाला नहीं है, पहले कभी यहाँ नहीं आया है; बहुत सादा-सा लड़का है, जिसे मुझे अपना शहर घुमाना है बस'' – मैंने उसको बताया।

उसको बताने से ज्यादा मैं ये बात खुद को समझा रही थी। मेरा खुद को समझाना था, कि अनुसार एक नेकदिल शख्सियत है, जिसे मैंने अभी तक सिर्फ और सिर्फ लोगों का अच्छा करते ही सुना था। उसी से मैंने उसे जहाँ तक जाना था, वो एक बच्चे जैसा दिल लिए हजारों फूलों की मासूमियत बटोरे था अपने अंदर, जिससे मैं कल मिलने जा रही थी।

हाँ, अनुसार 800 km की दूरी ट्रेन से तय करके कल सुबह देहरादून पहुँचने वाला था। ये वही पल था, जब मैं उसे पहली बार देखने वाली थी।

रात का कटना किसी पहाड़ के चढ़ने जैसा उस वक्त हो जाता है, जब ऑक्सीजन दर प्रति दर कम होती जा रही हो और जीवन हमसे कोसों दूर किसी टापू पर मुँह चिढ़ाता दिखाई पड़ जाए।

रैन को बिस्तर की सिलवटों का क्या पता... बस उस रोज की आहों की गिनती आजतक पूरी न हुई। अनुसार ट्रेन में राजी ख़ुशी बैठ गया था और इस वक्त 8 बजे थे। अगली सुबह 7:45 पर ट्रेन नंबर 14114 इलाहाबाद से चलकर सीधा देहरादून आने वाली गाड़ी में अनुसार भी एक प्राणी था, जिसके सफर ने मेरे होश उड़ाये हुए थे।

ट्रेन में आजकल कितने हादसे हो जाते हैं। इतना मासूम-सा है ये, इसको कुछ हो न जाए... कहीं जब ये सोया हुआ हो, तब कोई इसका फ़ोन और पर्स न चुरा ले। तमाम खयालों ने मन का पिछवाड़ा मार रखा था। उसके, ट्रेन में सीट मिलकर आराम से सो जाने की खबर को लेकर मैंने उसे इत्मिनान से सुबह फ़ोन करने को कह दिया था और अपना बिस्तर खाली करने लगी थी, जो कल सुबह के लिए तैयार कपड़े, बैग और बाकी सामान से भरा हुआ था। ये सच था कि नींद गहरी आ रही थी, लेकिन एक वास्तविकता ये भी थी कि नैनो के झरोखे बंद होने का नाम नहीं ले रहे थे।

कोई इतना मासूम कैसे हो सकता है भला, कैसे? मैं सोचती तो कुछ समझ नहीं आता।

शायद गाँव की मिट्टी से जुड़ा है इसलिए; लेकिन गाँव से जुड़ा हर कोई तो इतना मासूम नहीं होता है। पता नहीं कैसे, खुदा मुझ पर हमेशा इतना मेहरबान कैसे हो जाता है? मैं उनकी कितनी भी स्पेशल बच्ची हूँ; फिर भी इतना।

हो सकता है ये मेरा भ्रम हो... वो मुझे जिस अछूत अनछुए फूल की कली-सा लग रहा है, वैसा न हो। लेकिन आजतक की उसकी बातें, उसकी केयर, उसके गिफ़्ट्स... उसका, मेरी बातें सुनकर उनमें सिर्फ अच्छाई ही देखना कोई बुराई नहीं, मेरी तरह हर किसी की मदद करना, जिसे जरूरत है। उसका किसी प्रेरणा जैसा मेरी जिन्दगी में उस वक्त आना, जब हर तरफ अँधेरा था... ये सब इसी ओर इशारा करते थे कि वो एक पवित्र और मासूम

बालक जैसा दिल रखता है। उसका नौकरीपेशा होना, उसका रोजाना सैंकड़ों तरह के लोगों के सम्पर्क में आना भी उसके सफेद बादल जैसे मस्तिष्क को छू नहीं पाया।

कई बार हमारे सामने बड़े फैसले लेने की घड़ी आती है। हम कोई-न-कोई फैसला लेते हैं, जिसमें दोनों ही बातें हो सकती हैं; वो फैसला या तो सही होगा या तो गलत, इसका अंदाजा लगा पाना हमारे वश में नहीं होता... ठीक वैसे ही, कई बार हम भूल जाते हैं अपनी पिछली जिन्दगी जब हमें आगे उसको मुड़कर देखने का वक्त नहीं मिलता। लेकिन वो जिन्दगी हमारा पीछा कभी नहीं छोड़ती; गाहे बगाहे वो किसी-न-किसी तरह अपनी याद हमारे जेहन में कौंधा ही जाती है, जैसे अब हुआ। इस बुरे सपने के चलते, जिसमें मैंने किसी लाल आकृति को देखा, जो अपना खून मुझ पर टपका रही थी, मुझे आगोश में लेकर। आकृति का चेहरा नहीं दिख पाया, लेकिन आकार बिलकुल मेरे अतीत जैसा था, जिसे देखकर बर्फ-सी ठंडक में जकड़ गया मेरा शरीर। कुछ सेकेंड बाद मुझे समझ आया, लकवा कुछ इसी तरह लगता होगा किसी को। ये अनुभव नींद को खिड़की के सहारे दूसरी दुनिया में ले गया था और बदकिस्मती से अभी 4 बजे थे, जिसका मतलब था अलार्म बजने में अभी 120 मिनट बाकी हैं।

सफर-ए-मुलाकात

कुछ अफसाने रास्तों में बन जाते हैं, तो कुछ सफर के किसी पड़ाव पर। ये सफर मेरी बालिग होने के बाद की उम्र का एक पड़ाव था, जहाँ रेलवे स्टेशन पर गाड़ियों की खींचतान में अनुसार कहीं दूर से दिखने वाला था। मैं अनुसार से मोहब्बत तो यकीनन नहीं करती थी, पर मैं बेताब थी उससे मिलने के लिए, क्योंकि मेरे लिए कभी किसी ने इतना सब कुछ नहीं किया था। आज तक मेरी जानकारी में कोई किसी से बिना किसी जान-पहचान 800 km का सफर तय करके किसी से मिलने नहीं आया था। मेरी किसी सहेली की जिन्दगी में कभी कोई मशाल नहीं बनकर आया था। हाँ, मैं उससे कोई प्यार नहीं करती थी... प्यार करना और प्रेरणा बनने में फर्क है। प्रेम हमेशा आज़ाद करता है, बाँधता नहीं; बन्धनों को खोलकर आसमान देता है, उड़ने के लिए पंखों को मजबूती देता है, पंखों के लिए उड़ान को नियत नहीं करता। प्यार सिर्फ और सिर्फ देता है; कभी नहीं माँगता। ये मेरी प्रेरणा बनने का शुरूआती दौर था, जिसे मैं दम नहीं तोड़ने देना चाहती थी।

मुलाकात निश्चित करेगी आगे का कथानक– मैं बिना बिस्तर से उठे

बड़बड़ायी।

कम्बल से जरा-सा मुँह निकालकर मैंने रोजाना की तरह तब तक अँगड़ाई तोड़ी, जब तक हाथों के चटकने की नौबत नहीं आ गयी। जिसके बाद अगला चरण, अनुसार का कोई संदेश तो नहीं है, ये देखना था, जो इस वक्त नहीं था; मतलब वह शायद सोया होगा।

बिस्तर से उठकर पहला रत्न मैंने जीत लिया था; जिसके बाद बारी थी बाथरूम में बैठकर 20 मिनट लगाने की, जिसमें मैं फेसबुक के सभी पोस्ट पर गहन चिन्तन किया करती थी। आज भी किया। आस-पास नजरें गोल घुमाने पर कहीं से जो चूहे की कुटकुट सुनाई पड़ रही थी, उसके साक्षात् दर्शन भी हुए। उस चूहे के अलावा वहाँ सिवाय अँधेरे के कोई चूहे का बच्चा भी नहीं नजर आ रहा था। हवा की साँय-साँय कानों को कुरेदकर चली जा रही थी और अभी-अभी सुबह की अजान के लाउडस्पीकर में किसी मौलवी ने फूँक मारी थी। दरदरे बादलों के किसी टुकड़े को चीरकर रात, पानी यहाँ गिरा होगा, इसलिए हवा की ठंडक कुछ अलग कहानी कह रही थी। लेकिन अब दिमाग में सही खयालात की गुजर-बसर होने लगी थी। क्योंकि मैं हल्की हो आई थी, तो शरीर ताजा हो गया था। जरूरी कामों से फारिग होकर अनुसार को फ़ोन लगाया तो जनाब डोईवाला आ चुके थे।

"ट्रेन जल्दी है क्या?"– मैंने चौंककर कहा तो हँसने लगा अनुसार।

"ट्रेन जल्दी नहीं होती, लेट होती है प्रिंसेज।" – अनुसार ने कहा।

"अभी तो यही लग रहा, जल्दी ही है; टाइम देखा तुमने?" – मैंने हड़बड़ा कर कहा।

"सही समय ले आई ये; मुझे लगा था थोड़ा बहुत तो लेट होगी ही, इतने लम्बे रास्ते की गाड़ी है– अनुसार ने अपने पूर्वानुमान का खुलासा किया।

"अब मैं क्या करूँ? मुझे तैयार होना है, स्टेशन आना है।" – मैंने पैर पटके।

"तुम चाहे न आओ, मुझे होटल का रास्ता समझा दो, मैं आ

जाऊँगा।'' – उसने कुछ मरी-सी आवाज़ में कहा।

उसकी आवाज़ से साफ़ जाहिर था कि अगर मैं नहीं पहुँची, तो सुलग तो उसकी भी जाएगी।

''नहीं मैं बस निकलती हूँ; आ जाऊँगी मैं तुम्हारे पहुँचने से पहले... अब रखो, मुझे फटाफट तैयार होकर निकलना है।''मैंने कहकर आनन-फानन में फोन काटो और अपने बाल बनाने में जुट गयी।

दिन आज निकला ही व्यस्त था, क्योंकि हर कोई जल्दी में नजर आ रहा था। आंटी ने जल्दी में नाश्ता दिया तो रूममेट ने जल्दी में बाथरूम छोड़ा। मैंने भी जल्दी में छोटे से बैग में कुछ जरूरत का सामान डाला और निकल पड़ी।

अभी लम्बा सड़कनुमा रास्ता पैदल तय करके ऑटो का इंतजार करना था। रास्ते पर मेरे छोटे-छोटे पैर जमना शुरू हुए, तो दुकानें और ठेले पीछे छूटते चले गये। घड़ी में वक्त का खिसकना और मेरे पैरों के साथ-साथ मेरी धड़कन का बढ़ना, किसी गाने की ताल में एक साथ बैठता जा रहा था। रास्ते में मुझे हाँफते देखकर एक बाइक सवार ने लिफ्ट ऑफर करी, तब उसको घूरकर देखने पर मुझे समझ आया कि मैं बहुत ज्यादा हाँफ रही हूँ। साँसों की स्पीड किसी बल्ब के जलने जैसे बढ़ रही थी और पैरों की चाल बल्ब बुझने जैसी बदल रही थी। ऑटो का अड्डा आ गया था, जहाँ खड़े होकर ऑटो का इंतजार करना मेरे लिए अपने आप में सुस्ताने का एक अच्छा जरिया था, जिसमें मैंने खड़े होकर लम्बे-लम्बे साँस लिए, साथ में अपने बालों में हाथ घुमाया और खुद को चारों तरफ से व्यवस्थित किया। इस सबके बाद ऑटो को आते देखा तो उसके लिए चौकन्ना होकर खड़ी हो गयी मैं। नीले ऑटो की पैनी खटपट में फोन किया तो गया, लेकिन पता कुछ ज्यादा चल नहीं पाया। इतने से ही सब्र आ गया कि अनुसार अभी पहुँचा नहीं था। उसके आने में अभी वक्त था; क्योंकि उसकी जल्दी आने वाली गाड़ी ने अब सरकना बंद कर दिया था। अब वो पहिये रोके खड़ी थी, जिसके चलते मेरे ऑटो के पहिये बिना डरे चल पा रहे थे। यहाँ के स्टेशन पहली बार आई थी मैं, लिहाज़ा प्लेटफार्म ढूँढ़ लेने में थोड़े बहुत दिक्कतों का सामना करना पड़ा था। दिक्कतों का सामना न भी करना पड़ता, बशर्ते

मैं एक कुली से टकराकर नीचे न गिरी होती। अनुसार की ट्रेन आने में अभी वक्त था, जिसकी सूचना लगातार प्रसारित हो रही थी। मैं लगातार घूम-घूमकर प्लेटफार्म के दोनों छोरों को एक किये दे रही थी, जिससे मेरे आस-पास से होकर जाने वाले हर कुली हर यात्री को मेरी बेचैनी का अंदाजा हो चुके थे। हल्का-हल्का सूरज अब लोहे की चौड़ी-चौड़ी पटरियों को चूमने चुका था और गुलाबी रंगत लिए आसमान अब साफ़ होने लगा था। बड़े सोच-विचार के बाद मैंने गहन चिन्तन में डूबकर एक काले रंग का टॉप निकालकर पहना था, जो काफी वक्त से मेरे पास बंद रखा था; जिस पर सफेद रंग के बड़े-बड़े बुँदके बने हुए थे और आगे की तरफ एक काले रंग का ही फूल लगा हुआ था। नीली जीन्स मेरे हर कपड़े के साथ चलती थी और काला हैण्डबैग एक कंधे पर लुढ़ककर अपने आप मचल रहा था। ऊँची पोनिटेल वाली चोटी बनाकर जल्दी में काम को निपटाने की पूरी कोशिश की गयी थी; लेकिन गीले होने की वजह से उनको कसकर न बाँधा जाना ही मेरे रास्ते का सबसे बड़ा रोड़ा बनता नजर आ रहा था।

मेरे दिल में न कोई गिटार बजे, न हवा चली, न गुब्बारे उड़े और न ही दिल की घंटी सरसराकर बजी; जब अनुसार सामने से आया। वो दूर से फोन कान पर लगाये हाथ हिलाता मेरी तरफ आ रहा था; जो अनुसार ही हो सकता था; क्योंकि दूसरी तरफ फ़ोनलाइन पर मैं थी।

''क्या ये तुम हो अनुसार, सामने से?'' – मैंने कहा।

''हाँ, मैं ही'' उधर से फोन में आवाज़ और होंठो के फड़फड़ाने को एक साथ महसूस किया मैंने।

उसने नीले रंग की टी-शर्ट पहनी थी, जो उसकी लम्बाई काफी ज्यादा होने की वजह से उसको हल्की-सी ऊँची महसूस हो रही थी। कॉलर और आस्तीन पर बारीक़ से तोतई रंग की पट्टी थी, बाकी की टी-शर्ट प्लेन; लेकिन थोड़ी मैली थी, जो इतना लम्बा सफर करके हो जाना लाज़मी थी।

कंधे पर सिर्फ एक छोटा बैग लिया हुआ था; वो भी आधा खाली ही लग रहा था।

''इतनी दूर, वो भी इतना छोटा बैग लेकर... सामान कैसे आ गया

इतने छोटे बैग में इस लड़के का।'' – मैंने सोचा।

एक चौड़ी मुस्कान के साथ अनुसार मेरे पास तक की दूरी तय कर रहा था और उतनी ही दूरी मैं तय कर रही थी। उसे देखने पर वो कोई गरीब, सीधा सच्चा, भोला-सा बिहारी नजर आ रहा था, जो दुनियादारी से मीलों दूर रहा हो... न कोई अदाएँ, न कोई टशन; बस एक मदमस्त चाल से चलता चला आया अनुसार मेरे पास तक। अब सिर्फ 5 मीटर का फासला बचा था और मैं एक औपचारिक मुस्कान देकर वहाँ से उसको लेकर निकलने का रास्ता खोजने में व्यस्त हो गयी थी।

''तो आप हैं अनुसार; अच्छा लगा आपको देखकर।'' – मैंने जरूरत से ज्यादा औपचारिक होते हुए कहा, जिसका अहसास कहने के बाद मुझे भी हुआ।

जवाब में अनुसार बस देखता रहा, जो मुझे थोड़ा अजीब भी लगा।

''सफर में कोई दिक्कत तो नहीं हुई?'' – मैंने चलते हुए कहा।

''नहीं, कोई परेशानी नहीं; रिजर्वेशन में कम्बल बढ़िया मिलते हैं, लेटकर तुरंत नींद आ गयी थी।''उसने साफ़ स्वर में कहा।

कम्बल बढ़िया मिलते हैं, ये कौन-सा बताने की बात थी; कम्बल तो सभी जगह ठीक मिलते हैं– मैंने सोचा।

''तुम बहुत छोटी-सी हो प्रिंसेज।'' उसने अचानक उछलते हुए कहा।

जोर से हँस पड़ी मैं, मानो कोई बादल फटा हो।

''इतनी ही तो हूँ।'' – मैंने सकुचाकर कहा।

''फोटोज में तो बड़ी दिखती हो, मतलब लम्बाई में।'' उसने बताया।

''आपकी जितनी तो कहाँ हो सकती है मेरी लम्बाई।'' मैंने वाकपटुता से जवाब दिया।

प्लेटफार्म से चलकर ऑटो में बैठने तक हमारे बीच और कोई बात नहीं हुई।

ऑटो में अनुसार कभी चारों तरफ देखता, कभी मेरी तरफ। जिस भी तरफ देखता, बस देखता ही रहता। लगातार उसका मुझे देखना किसी अचरज से कम नहीं था; क्योंकि अनुसार ऐसे देखता था, मानो कोई अजूबा देख रहा हो... कोई आठवाँ आश्चर्य हो जैसे उसके सामने।

''ऐसे क्या देख रहे हो?'' – मैंने पूछा तो अचानक सहम गया अनुसार।

''कुछ नहीं, बस यूँ ही'' उसने कहा और बाहर की तरफ देखने लगा।

मेरे लिए उसे रास्ता समझाना जरूरी था, क्योंकि कोई और बात मेरे जेहन में खुद से नहीं आ रही थी। कोई आती भी, तो अनुसार मेरी बात का जवाब दे देता, बस बात वहीं खत्म हो जाती। मैं चाहती थी, अनुसार खुद कुछ बोले और अनुसार के मन में क्या चल रहा था, ये उसके अलावा कोई नहीं जानता था; शायद खुदा भी नहीं। खट-खट के शोर भरा ऑटो का सफर खत्म हुआ, तो देखा सामने होटल था। ऑटो से उतरकर हम दोनों होटल में गये और अनुसार की एंट्री वहाँ कराकर मैंने उसे उसका कमरा दिखाया। देहरादून में एक लड़का और लड़की को साथ होटल मिलने में कोई दिक्कत नहीं होती है, ये मैंने भी आज ही जाना था।

'आप...' रिसेप्शन पर मुझे सवालिया निगाहों से देखते ही मैंने रिसेप्शनिस्ट से साफ़ बता दिया, कि मैं इस कमरे में ज्यादा देर नहीं रुकने वाली हूँ, अनुसार अकेला ही रुकेगा।

जिसके बाद 2 चाय का ऑर्डर देकर हम दोनों कमरा नंबर 302 में चले गये।

नहा-धोकर अनुसार ने कपड़े बदले, जिसके बाद चाय का दौर आया तो मुझे वार्तालाप की उम्मीद हुई।

''तो लिटिल प्रिंसेज, कैसी हैं आप यहाँ?'' – अनुसार ने पहला सवाल किया था, जिसके चलते अब जाकर कहीं ये मुझे वही अनुसार लगा था, जिससे मैं रोज बातें करती थी।

''बढ़िया; जगह वैसे तो बहुत अच्छी है ये।''

"इस शहर की जिन्दगी आपको कैसे रास आ पाती है ?" – अनुसार ने थोड़ा असहज होते हुए कहा।

"हाँ, मैं हमेशा से यहाँ आना चाहती थी न; अब आ गयी हूँ तो जाहिर है मैं खुश हूँ यहाँ और तुम्हें भी घुमाना चाहती हूँ।" मैंने अपने मन के भावों को स्पष्ट करते हुए कहा।

इसके बाद अनुसार बिना कुछ कहे लगातार चाय की चुस्कियाँ लेता गया और देहरादून की मौसमी हवा में घुलने की कोशिश करता रहा। मैं उसके अगली दफा बोलने के इंतजार में उसका चेहरा ताकती रही।

पहली और आखिरी बार

तुम्हारी यादों में कुछ ऐसे खो जाता हूँ
अक्सर आधी कप चाय ठंडी रह जाती है।

अनुसार ने कहा था उस रोज, जब मैंने उसे जल्दी चाय खत्म करने के लिए कहा। अनुसार, अक्सर खाना बिना टोके पूरा नहीं खाता था और चाय हमेशा रखकर भूल जाता था, ये मुझे उसी रोज पता चला।

''अब मुझे देखना बंद करो और इस पर ध्यान दो; ठंडी कर ली है चाय... कौन पीता है ऐसे; वो भी तब, जब भूख लगी हो।'' मैंने डाँटा उसे।

फटाफट 2 घूँट में चाय, जो लगभग पानी हो चुकी थी, खत्म करके मुँह पोंछने लगा अनुसार।

अब हमें प्लान बनाना था अपनी घुमक्कड़ी शुरू करने का, जिसकी शरूआत मैंने गुच्चुपानी से करने की ठानी।

अपने हिसाब से चीजें पहले ही प्लान कर लेना मेरी आदत रही थी; जिसमें अनुसार को कोई दिक्कत नहीं थी; ऐसा मुझे लगा, क्योंकि वो इस

जगह को मुझसे कम ही जानता था।

"पहले हम गुच्चुपानी चलेंगे, फिर वहीं से टपकेश्वर मन्दिर.." –
मैंने अपने हिस्से का ज्ञान परोस दिया था।

"ठीक है, ऑटो जाते हैं वहाँ?" – अनुसार ने पूछा।

"हाँ, बुक कर लेंगे वो छोड़ देगा; वापस में खुद आ जाएँगे।" मैंने
बताया।

"ठीक है, जैसे कहो।" अनुसार ने समर्पण किया।

जिस वक्त हम दोनों गुच्चुपानी के लिए निकले, मौसम हल्का नर्म हो
चुका था। न बहुत गर्मी थी और न ही ऐसा, जिसे ठंड कहा जा सकता हो।
पूरे रास्ते अनुसार, बस मौसम, हवा, पानी और मुझे निहारता चला गया।
रास्ते बीच हमारी बातें सिर्फ शहर को लेकर हुईं और कुछ उसके बैंक के
फ़ोन आये; जिनके कटने के बाद हर बार मैं उन लोगों को कोस देती, जो
हॉलिडे में भी उसे तंग किये दे रहे थे, जिस पर वो हर बार बस हँस देता।

"तुम बहुत खूबसूरत हो प्रिंसेज" बहुत देर बाद जब मैं बुरी तरह बोर
हो चुकी थी अनुसार की चुप्पी से, तब उसने मुँह खोला। जाहिर है, मेरे पास
धन्यवाद के अलावा कोई जवाब नहीं था।

अनुसार के लिए मैं एक छोटी बच्ची जैसी थी, जो पिछले कुछ दिनों
में अपनी औकात से ज्यादा दुःख देख चुकी थी; जिसके चलते एक कोमल
मन बहुत गहराई से आहत हुआ था। अनुसार का कहना था, कि उसका
मुझसे एक दया एक मानवता का रिश्ता सबसे पहले रहा; जिसके चलते वो
एक मासूम जिन्दगी को दुःखी नहीं देख सकता था... लेकिन धीरे-धीरे हम
एक-दूसरे को जानने लगे तो सोचा इस चेहरे से मिल जाना चाहिए, ये अब
जरूरी है।

गुच्चुपानी एक खूबसूरती से फैली हुई गुफाओं के बीच कटकर
निकलते झरनों की एक मनोरम दुनिया है, जिसे देखकर किसी अलग
दुनिया में आ जाने की अनुभूति होती है। हरा रंग हर तरफ कभी पौधों, कभी
काई तो कभी पानी के रूप में अपना लावण्य यहाँ दिखा देता है। इस जगह

को लेकर मैं कह सकती हूँ... अप्रतिम; मानो इसके जैसा दर्शनीय कुछ और नहीं। पहाड़ों के बीच से एक छोटा-सा इकलौता पतला-सा सँकरा रास्ता, काफी दूर और अंदर पानी में जाकर एक बारीक बिंदु पर मिलता है, जिसके आगे हम नहीं गये... हालाँकि बहुत कम ही लोग थे, जो उसमें जा पा रहे थे। इसके लिए शर्त थी; पूरा भीगकर जाना, क्योंकि बिना लेटे उसमें नहीं घुसा जा सकता था। कपड़े बदलना किसी भी मौसम में लड़कियों के लिए हर जगह बिल्कुल आसान नहीं, जिसके चलते मैंने आगे जाने के लिए हाथ खड़े कर दिए, तो अनुसार ने भी मेरी बात का विरोध नहीं किया। इसके बाद दोपहर में मैगी खाकर, हम टपकेश्वर मन्दिर के लिए ऐसे जल्दी में निकले, मानो अब के बाद कभी वक्त नहीं मिलेगा वहाँ जाने का।

''ये बहुत पुराना मन्दिर रहा होगा न सुरमा!'' अनुसार ने मुझे मेरे नाम से पुकारा, तो मेरे लिए ये अजीबो-गरीब था।

''हाँ, बहुत पुराना है; बहुत मान्यता है यहाँ की... खुद निकला था यहाँ शिवलिंग।'' – मैंने अनुसार का टूरिस्ट गाइड बनते हुए कहा।

ये मन्दिर निर्माणाधीन था और जगह-जगह जाने की मनाही के चलते हम यहाँ ज्यादा देर नहीं रुक पाए। दो मन्दिरों को आपस में जोड़ता, नदी के ऊपर बना छोटा-सा पुल, जिस पर अनुसार के साथ फोटो खिंचाते हुए अनुसार ने बताया कि मेरी काली ड्रेस उसकी पसंदीदा ड्रेस है, जिसकी वजह से मुझे उस ड्रेस पर गर्व महसूस हुआ।

अगले दिन हमने फॉरेस्ट रिसर्च इंस्टिट्यूट घूमा, जिसके बाद हम दोपहर को कैफ़े कॉफ़ी डे में कुछ खाली समय बिताने बैठे, तो अनुसार ने बताया कि अब वो कोई फिल्म देखना चाहता है।

''हाँ जरूर...'' – मैंने गर्म कॉफ़ी का सिप लेते हुए कहा, जबकि अनुसार अपनी कॉफ़ी की ठंडाई में मजमे-सा लगा हुआ था।

''कौन-सी लगी है? देख लूँ फिर मैं?'' – उसने कहा।

''हाँ, देख लो; मैं भी देखती हूँ, जो भी इससे अगला शो होगा, वहाँ चला जा सकता है'' – मैंने हामी भरी।

“रात वाला शो है, ये देखें?” – मैंने अनुसार को घूरा, जब वो अपनी आँखें फोन के स्क्रीन में गड़ाए, फिल्म की बाकी समय सारणी देख रहा था।

“मुझे 7 बजे तक आंटी के घर पहुँचना होता है; लेट नहीं कर सकते उसके लिए हम।” – मैंने बताया।

“ओह! आज भी; थोड़ा भी लेट नहीं हो सकता क्या?” – उसने आशा भरी निगाहों से पूछा।

“नहीं, आंटी डाँटेंगी और अगर उन्होंने पापा को कॉल कर दिया तो..” मैंने प्रश्नवाचक चिन्ह पर अपनी बात खत्म कर दी; जिसके चलते अनुसार को मेरा जवाब मिल गया था।

ऐसा नहीं था कि मैं इससे ज्यादा रुक नहीं सकती थी। मैं थोड़ा और वक्त शायद रुक सकती थी, लेकिन मैं रुकना नहीं चाहती थी। मैं अब बोर हो रही थी और शाम के बाद अपने कमरे में जाकर सोना चाहती थी। अनुसार मुझे थोड़ा चिपकू किस्म का इन्सान लगा, जिसमें जरूरत से ज्यादा भावनायें भरी थीं।

मेरे हिसाब से उसे थोड़ा-सा प्रैक्टिकल होना चाहिए था; जो वो नहीं था। ये उसकी आदत में शुमार था... अति से ज्यादा भावुक होना।

“कहाँ खो गयी हो...?” अनुसार ने हिलाया, तो मानो सीसीडी में दोबारा जन्म ले आई मैं।

“कुछ नहीं, बस यूँ ही।” मैंने मुस्कराते हुए उसका डायलॉग उसी पर चिपका दिया।

“अभी निकलें फिर फिल्म के लिए; वरना आज कैसे हो पायेगी!” – उसने आशंका जताई।

“ठीक है; सिल्वरसिटी, रास्ते पर पड़ेगा और ऑटो भी आराम से छोड़ देगा... यहीं चलते हैं।” मैंने बताया।

शाहिद कपूर की कोई फ्लॉप फिल्म लगी थी, जिसे देखना अनुसार की ख्वाहिश थी; क्योंकि उसका कहना था, उसे फिल्म देखे काफी समय हो

गया है और वो मेरे साथ कोई फिल्म देखना चाहता था। फ्लॉप फिल्म थी, लिहाज़ा हॉल का खाली होना भी रस्म के हिस्से में आता था। सबसे ऊपर की कॉर्नर सीट पर अनुसार और मैं जहाँ बैठे थे, वहाँ दूर-दूर तक चिड़िया का बच्चा तक चूँ-चूँ करता नहीं दिख रहा था। इस हॉल में 2 मन थे... एक मेरा, जो अनुसार के साथ उस बोरिंग फिल्म के डायलॉग को सर पकड़े देख रहा था और दूसरा अनुसार, जो अपलक मुझे निहार रहा था; जिसके बारे में मुझे पता था।

मार-काट के इस सीन पर मैंने जब आँखें बंद कीं, तब कुछ पल के लिए अनुसार का चेहरा मेरी आँखों से ओझल होने लगा। सामने का अँधेरा मन के अंदर घर बनाने लगा और फिर से किसी कंधे की जरूरत महसूस हुई। इस तरह के महसूसाना अहसास अक्सर किसी किस्म की शुरूआत की वजह बनते हैं, या फिर किसी दिल के अपनी शाख़ से कटने की कवायद। इससे पहले मैं आँखें खोलती, ये दो आँखें और कसकर बंद होने पर उतारू हो गयीं; क्योंकि अनुसार अब मेरे ऊपर महसूस हो रहा था। उसकी बाँहें मुझे पूरा ढँक चुकी थीं और उसके होंठ मेरे सुर्ख होंठों पर आकर अपने दिल की कहानी का रंग और गहरा कर रहे थे। ये हमारे बीच की पहली दूरियाँ मिट जाने की एक पहल थी, जो जाहिराना तौर पर मेरी मर्जी के बिना थी, इसलिए मुझे बहुत बुरी लगी थी; फिर भी इससे इंकार नहीं किया जा सकता कि मैं उस पल में दोतरफा खो गयी थी और शाम का अँधेरा हमारे होंठों के बीच घुलकर कॉफ़ी के दो फ्लेवर को एक कर गया था।

''छोड़ो मुझे अनुसार...'' मैंने चिल्लाकर उसे झटका, तो हॉल का सन्नाटा बिना देरी किये अपनी बेज्जती महसूस करने लगा।

'सॉरी' अनुसार अपना जरा-सा मुँह लिए ग्लानि और पछतावे से भर गया।

मैंने कोई जवाब दिए बिना बुरा-सा मुँह बना लिया और उससे कन्नी काटकर दूसरी तरफ चेहरा घुमाकर बैठ गयी। इसके बाद सन्नाटा अपने असली रंग में आया और भारी पड़कर, कभी न गुजरने वाला वक्त भी जैसे-तैसे गुजरा।

''इंटरवल हो गया है प्रिंसेस, कुछ लोगी तुम?'' अनुसार ने खड़े होकर पूछा तो मैंने उसकी तरफ देखे बिना न में सर हिलाया।

''सॉरी प्रिंसेज; प्लीज अब ऐसे नाराज मत रहो, मैं अब ऐसा नहीं करूँगा; इन्सान हूँ, बहक गया था तुम्हें इतना करीब देखकर... लेकिन आगे से मैं हमेशा इस बात का ध्यान रखूँगा।'' अनुसार ने 10 मिनट बाद वापस आकर कहा; तो उसके हाथ में एक बड़ी-सी चॉकलेट थी, जो मेरी कमजोरी थी।

उसके माफ़ी माँगने के मासूम तरीके से मेरे चेहरे पर मुस्कान आ गयी और मैंने उसकी माफ़ी और चॉकलेट दोनों रख लिए।

''आज के बाद मैं कभी भी तुम्हारी बिना मर्जी ऐसा करूँ, तो तुम पक्का मुझसे बहुत नाराज हो जाना और कसकर चिल्लाना मुझ पर; मैं सब झेल लूँगा; तुम्हरी डाँट, तुम्हारी मार भी; लेकिन ऐसे बात करना बंद न किया करो प्रिंसेज।'' कहते हुए अनुसार की आँखें छलक आई थीं, जिन्हें देखकर मैं गोते खाकर मानो बाहर आ गयी उनमे से।

''थैंक यू अनुसार, चॉकलेट के लिए... तुम्हें याद था ये मेरी फेवरेट चॉकलेट है; कितने केयरिंग हो तुम, मैं तुमसे बात करना पक्का बंद नहीं करूँगी, बस, तुम भी ऐसा कभी मत करना मेरी बिना मर्जी... हम दोनों रिलेशनशिप में नहीं हैं, ये तुम्हें याद रखना होगा।'' मैंने प्यार से कहा तो जवाब में सर हिलाया अनुसार ने, मानो कोई पालतू गाय मालिक की हर बात मान रही हो।

कहना मुश्किल था कि अनुसार क्यों हर बार मेरी बात मान लेता था; जहाँ न भी मानना हो, जिसके चलते मेरा खुद पर इठलाना शुरू हो गया था और धीरे-धीरे बढ़ने की कगार पर था।

दिन ढलकर अपनी बोरी समेटकर चल पड़ा था, अगली रोज की तैयारी के लिए; जब हम उस कॉम्प्लेक्स से निकलकर वापसी के लिए ऑटो में बैठे।

''मैं सीधा आंटी के घर उतरूँगी अनुसार; वो पहले पड़ेगा। बिलकुल

सीधे-सीधे आगे 100 मीटर तक ऑटो जाएगा, जहाँ सीधे हाथ पर ही तुम्हारा होटल पड़ेगा... उतरकर मुझे फोन कर देना एक बार।'' मैंने कहा, जिसके बाद अनुसार की आँखों में फिर से मेरे सुबह तक के जाने की बेचैनी मेरे देखने में आई।

''कल मसूरी घूमें?'' मैंने उसके मूड को बदलने की कोशिश करते हुए कहा।

'मसूरी?' अनुसार इसका नाम सुनते ही मुझे उत्साहित दिखा।

''हाँ, चलें... तुम्हें कल शाम जाना भी है न वापस... शाम तक हम वापस आ जाएँगे और तुम्हें टाइम से पहले मैं स्टेशन पहुँचा दूँगी'' – मैंने भरोसा जताया।

''मेरी ट्रेन शाम 6 बजे है; हम उसके पहले कैसे आ पाएँगे वापस? क्या मैं कल की बजाय परसों चला जाऊँ... कल वहीं भी रुक सकते हैं फिर।'' अनुसार ने कहा।

''मैं तुम्हारे साथ स्टे नहीं करूँगी।''मैंने सख्ती से कहा।

''मैं दूसरा रूम ले लूँगा... ऐसा नहीं है कि तुम्हें मेरे साथ उसी में रुकना है; तुम अलग रूम में रुक सकती हो।'' अनुसार ने सादे भाव से कहा।

''मुझे अलाउड नहीं है; वैसे भी जब यहाँ से अप डाउन हो सकता है, तो क्यों रुकना वहाँ? एक ही दिन के लायक जगहें हैं वहाँ'' मैंने कहा।

''ठीक है, जैसा तुम कहो लिटिल प्रिंसेज।'' अनुसार ने हमेशा की तरह आखीर में हथियार गिरा दिए।

''तो कल का तय रहा फिर...'' कहकर मैं ऑटो से उतर गयी और यहाँ से अगली सुबह तक के लिए हमारे रास्ते जुदा हो गये।

अगले 55 सेकेंड में अनुसार का फोन आ गया था; तब मैं आंटी के घर में सिर्फ घुसी ही थी।

''इतनी जल्दी...'' – मैंने कहा।

''हाँ, मैं होटल के सामने पहुँचने ही वाला हूँ।'' उसने कहा।

''पहुँच तो जाते पहले।'' मैंने कहा।

''बस, आ गया समझा; काश तुम रुक जातीं यहीं...।'' अनुसार ने उस उम्मीद को पालकर कहा, जो अब पूरी नहीं हो सकती थी।

''मैं नहीं रुक सकती हूँ अनुसार, वरना मैं रुक जाती; तुम्हें अकेले बोर होने को छोड़कर आना मुझे भी अच्छा नहीं लग रहा है, लेकिन कुछ किया नहीं जा सकता... अब तो वैसे भी तुम्हें सोना ही है'' मैंने कहा।

''हाँ, ये तो है।'' अनुसार ने मरी आवाज़ में कहा।

''खाना कहाँ से खाओगे?'' मैंने पूछा।

''सामने जो शॉप है, उसकी चाउमीन बहुत टेस्टी है, वही पैक करा रहा हूँ।'' उसने बताया तो खिलखिलाकर हँस पड़ी मैं।

''तुमने 2 दिन में वहाँ की चाउमीन भी खा ली।'' मैंने पूछ लिया।

''हाँ, ये मेरी फेवरेट है और हमारे गाँव में तो मिलती नहीं; बल्कि इलाहाबाद तक में ऐसे टेस्ट की नहीं है।'' उसने बताया।

''बढ़िया... खींचो अंदर एक साथ खूब सारी प्लेट।'' मैंने कहा और बातों के दौर में हँसी छा गयी।

''अच्छा अब मैं रखती हूँ, चेंज करके सोना है, बहुत थक गये हैं ना'' मैंने कहा।

''ठीक है, तुम सो जाओ प्रिंसेज, मैं थोड़ा बाहर निकलकर इधर-उधर घूमूँगा अभी, तब आकर सोऊँगा'' अनुसार ने कहा।

आज दूसरी बार रात इतनी अचानक हुई और सुबह अलार्म इतना ज्यादा जल्दी में बजा, कि सुनाई देने में ही काफी वक्त लग गया। 7 बज चुके थे और मुझे फटाफट नहाकर अनुसार को लेकर मसूरी निकलना था। मैंने नीले रंग की शर्ट जैकेट पहनी थी; जिस पर प्लास्टिक के छोटे-छोटे रंगीन सितारे लगे थे, जो मुझे परसों ही अनुसार ने दिलाई थी।

''वेलकम प्रिंसेस!'' – होटल पहुँचते ही एक बड़ा-सा सफेद रंग का टेडीबियर और आज तीसरे दिन की तीसरी चॉकलेट, अनुसार के हाथों में मेरा स्वागत कर रही थी।

''वाह! बहुत-बहुत धन्यवाद, अनुसार इसके लिए; तुम मुझे रोज इतनी सारी चॉकलेट देते हो, ऐसे तो मेरी पूरी अलमारी इसी से भर जाएगी।'' – मैंने ख़ुशी से लगभग कूदते हुए कहा।

''प्यारी-सी प्रिंसेज की अलमारी इसी से भरी होनी चाहिए, वरना ज्यादती हो जाएगी उसकी अलमारी के साथ'' – अनुसार ने मुझे कुछ और चॉकलेट भी देते हुए कहा।

मैं आज दुनिया की सबसे खुशनसीब प्रिंसेस थी; जिसका ख्याल रखने वाला कोई फरिश्ता था; जो इतना दूर से उसे इतना खुश करने आया था।

''इतना सब तुम मेरे लिए क्यों करते हो अनुसार?'' – अब मैं ये पूछने से खुद को रोक नहीं पाई थी; ये जानते हुए भी, कि वो ऐसा क्यों कर रहा था।

''बस यूँ ही।'' कहकर, अनुसार नीचे बैठ गया मेरे पैरों के पास।

''अरे, तुम वहाँ क्यों बैठे हो; ऊपर आ जाओ बस... ऐसे अच्छा नहीं लग रहा मुझे।'' मैंने विनती करते हुए कहा।

''मैं बताना चाहता हूँ कि मैं आपका ख्याल क्यों रखना चाहता हूँ।'' अनुसार ने मेरे कानों में अपनी समंदर जैसी गहरी आवाज़ का जादू झोंकते हुए कहा।

''नहीं रहने दो, मुझे नहीं सुनना ये।'' कहकर मैंने उसे ऊपर उठाने की कोशिश की, तो अनुसार ने मेरा हाथ अपने हाथों में ले लिया।

''प्लीज प्रिंसेज एक मिनट, मेरी तरफ देखो।'' अनुसार की आवाज़ और धीमी होती जा रही थी।

मैंने उसकी आँखों में सब-कुछ पढ़ लिया था... वो काली गुजरी शामें,

जो अब मेरी रौशनी से जगमगा सकती थीं; मेरे इंतजार में हजारों बारिशें, जो सदियों से रुकी थीं; वो अब बह निकलने की बेचैनी में तरसकर मेरी ओर ताक रही थीं, मानो कह रही हों कि हाँ, वो तुम हो, जो इस सबको पूरा कर सकती है... वो मंजिल है, जिसके लिए मेरी मोहब्बत आज तक सिमटी थी। इतने सालों ये दिल जिसका इंतजार शिद्दत से करने में जुटा था; वो सपना आज हकीकत बनकर मेरे रूप में उसके सामने है।

मेरी आँखें भर आयी थीं, क्योंकि आज तक मुझे किसी ने कभी इतना प्यार नहीं किया था; मेरे लिए इतना कभी किसी ने नहीं सोचा था। मैं हाँ कहना चाहती थी, लेकिन कह नहीं पाई।

''मैं इस सब में नहीं पड़ना चाहती अनुसार, क्योंकि हमारा कोई भविष्य नहीं है।'' मैंने अपने सूखे गले से थूक सटकते हुए तमाम कोशिशों के बाद आवाज़ बाहर निकाली।

''मुझे तुम्हारा हैंगओवर हो गया है प्रिंसेज।'' अनुसार ने सिर्फ इतना कहा, जिसके चलते बशर्ते हवा के रंग में फर्क नजर आने लगा।

''तुम रो क्यों रही हो प्रिंसेज?'' अनुसार ने मुझे देखकर कहा, जब मैं आँखें जमीन पर गड़ाए बस रो रही थी।

मैंने कोई जवाब नहीं दिया; न हाँ कहा और न ही न कहा। अजीब इत्तेफाक था। मुझे इतना प्यार करने वाला, मुझ पर निःस्वार्थ इतना लुटाने वाला, मेरे एक इशारे पर मेरे लिए कुछ भी करने वाला, आज मेरे सामने खड़ा मेरे पैरों की तरफ बैठकर मुझसे प्यार का इजहार कर रहा था और मैं हाँ कहना चाहती थी, फिर भी नहीं कह पा रही थी। इसलिए नहीं, क्योंकि मैं पत्थर दिल थी... इसलिए भी नहीं, क्योंकि मैं उसका इस्तेमाल करना चाहती थी; बल्कि इसलिए, क्योंकि अनुसार इतना अच्छा था, कि मैं नहीं चाहती थी, उसका कभी मेरी वजह से आगे चलकर दिल टूटे। हमारा कोई भविष्य नहीं था, ये जानती थी मैं। मैं ऐसा रिश्ता नहीं बनाना चाहती थी, जिसे वक्त देने पर, बाद में तोड़ते हुए तकलीफ हो। मैं इंसानियत के नाते अनुसार को इस सबसे दूर रखना चाहती थी। कहीं न कहीं अनुसार मेरा पिता बन गया था इस अनजान शहर में, अंजानो के बीच; जिसके चलते मैं

उसका बच्चा ही बनी रहना चाहती थी। मुझे चाहिए था, हम साथ हों, लेकिन कभी हमारे बीच कोई रोक-टोक, कोई बंधन न हो। ये प्यार एक बन्धनमुक्त प्यार हो; इसमें किसी तरह के कसमे वायदे न हों... न रोकने की मनाही हो न जाने का खौफ। न झिझक हो न आज़ादी... अगर हो, तो सिर्फ सदा के लिए कैद हो जाने वाली स्वतंत्रता हो। ये रिश्ता सारी सीमाओं से परे हो; राधा-कृष्ण जैसी मिसाल। इसमें उम्मीद हो, पर लौट आने का बेसब्री से इंतजार न हो। ये रिश्ता हमेशा सिर्फ और सिर्फ ख़ुशी दे, कभी रुलाये न।

अनुसार रुका रहा और मैं रोती रही। अनुसार तब तक रुका रहा, जब तक मैंने अपने आँसू पोछकर पूरी तरह रोना बंद नहीं कर दिया।

''अब बताओ, तुम रो क्यों रही हो ?'' उसने पूछा।

''मुझे नहीं पता; मुझे कहीं नही जाना तुम्हारे साथ घूमने... तुम जाओ वापस अपने घर।'' चिल्लाकर मैंने उसका हाथ झटक दिया।

''प्लीज प्रिंसेस, ये क्या कह रही हो, मैं कहीं नहीं जा रहा।'' अनुसार ने फिर से मुझे रोका।

''ठीक है मत जाओ, मैं ही चली जाती हूँ; तुम्हारा जब मन करे तब चले जाना।''मैंने पैर पटकते हुए कहा।

''नहीं प्रिंसेस प्लीज; अच्छा ठीक है, मैं तुम्हे फ़ोर्स नहीं करूँगा, मेरे लिए महसूस करने को; तुम्हें अगर कभी खुद ही लगे तब बताना'' – अनुसार ने दुःखी मन से कहा।

''तब हम दोस्त रहेंगे, पहले जैसे; भूल जाओ आज का ये वाकिया, थोड़ा पीछे चलते हैं, फ्लैशबैक में; जहाँ से ये बात आई।'' मैंने आशा जताई और अनुसार की आँखों में झाँकने की कोशिश की। उसकी कही अनकही शिकायत को, जो दूर-दूर तक उसकी आँखों में मुझे कहीं नजर नहीं आई।

अनुसार ने मुझे रुकने के लिए मना लिया था और मैं मान जाना नहीं चाहते हुए भी एकबारगी मान गयी थी। इसके बाद हम कुछ देर में मसूरी निकल गये... न अनुसार ने हाँ कहलवाने की उस दिन फिर कोशिश की

और न ही मैंने न कहने जैसा कोई कदम उठाया। ये तीसरा दिन किसी खूबसूरत वाकिये की माफिक नैनों के तले हमेशा के लिए कैद हो जाने जैसी याद बनकर अपनी जगह ढूँढ़ने में मशगूल हो गया।

टन टनाटन टन... मॉल रोड पर मसूरी की हरी वादियों को निहारते हुए जब अनुसार अचानक मेरे पीछे से बोला तो चौंक गयी मैं।

"तुम कहाँ चले गये थे अचानक से?" मैं थोड़ा गुर्रायी, जिसके जवाब में अनुसार ने मेरे सामने चॉकलेट का बण्डल रख दिया।

"इसकी वजह से।" अनुसार ने कहा तो मेरे चेहरे की सँकरी खाई बढ़कर ढाई फीट चौड़ी मुस्कान में बदल गयी।

"इतने सारे चॉकलेट, मेरे लिए।" मैंने हैरानी से उसकी तरफ टुकुर-टुकुर देखा।

"ऐसे क्या देख रही हो? लो इन्हें, तुम्हें पसंद हैं ना?" अनुसार ने मेरी तरफ मेरी पसंदीदा चॉकलेट बढ़ाई।

"थैंकयू, थैंकयू, थैंकयू..." मैंने ख़ुशी से उसको गले लगा लिया, ठीक वैसे, जैसे कोई नवजात अपनी माँ की गोद में चिपक जाए, नन्हा पौधा उगते ही जमीन को अपनी बाँहों में समेट लेने की कोशिश करे... कैद से रिहा होकर बरसों बाद कोई कैदी, धूप को छू ले।

हजारों बातें यहाँ के कम्पनी गार्डन से गुजरीं, जिनमें से कुछ गनहिल पर जाकर ठहर गयीं।

"अब तो लेट हो जाएगा प्रिंसेज।" 5 बजे अनुसार ने घड़ी देखते हुए कहा।

"अरे नहीं; यहाँ से तो आज ही चलना है वापस, मैं नहीं रुकूँगी यहाँ।" मैंने हैरान परेशान होते हुए फरमान सुनाया।

"अब क्या करना चाहिए?" अनुसार, अनजान जगह में कुछ न समझ पाने से घबराया हुआ था।

"क्या करना चाहिए क्या; बस नहीं मिल रही है, टैक्सी करो अब।"

मैंने किलसते हुए कहा, क्योंकि उसी के देर से स्टॉप तक चलने की वजह से हम लेट हुए थे।

टैक्सी के रेट बहुत ज्यादा थे और शेयर में टैक्सी मिलना मुश्किल हो रहा था। चिंता से मेरा चेहरा और मन दोनों कसमसाहट से जूझने लगे थे, लेकिन अनुसार के टैक्सी वाले से परिपक्वता से बात न करने के कारण हमारी टैक्सी 2 बार हमारे सामने छूट चुकी थी, जिसके चलते मैं गुस्से से झल्लाने लगी थी।

''क्या तुमको एक आदमी से बात भी ठीक से करनी नहीं आती है।'' मैंने चीखकर कहा।

''कर रहा हूँ, मौका तो दो'' – अनुसार कहकर फिर से आगे गया; लेकिन कोई बात नहीं बनी।

''हटो मैं ही करती हूँ।''कहकर मैंने अनुसार को पीछे खींचा और 2-3 टैक्सी वालों से बात करने में मशगूल हो गयी।

काम कहीं न कहीं से तो बनना था; बना भी, लेकिन पैसे ज्यादा लगे। पैसे चाहे मेरे नहीं थे, लेकिन फालतू देने में मेरा मूड चौपट हो गया था, जो बिन मौसम बारिश के जैसे अनुसार पर बरस पड़ने को बेताब था।

सारे रास्ते अनुसार, मेरे कंधे पर सर रखने की कोशिश में जुटा रहा और मैं उसे झिड़कने में। देहरादून के रास्ते अब अपनी मौजूदगी से हमें रू-ब-रू कराने लगे थे, लेकिन बाहर नीली छतरी अब काली हो जाने के चलते कुछ कम ही समझ आना लाज़मी था। टैक्सी स्टैंड से ऑटो रिक्शा पकड़कर अनुसार को होटल और मैंने खुद को आंटी के घर में कसकर कैद कर दिया अगली सुबह तक के लिए। आज इस तीसरी रात में अनुसार के साथ थोड़ी ज्यादती करने का अफ़सोस हुआ; लेकिन मैं जानती थी कि मैंने ऐसा क्यों किया। मैं सिर्फ अनुसार को आज की इस तेज दुनिया जैसा तेज देखना चाहती थी। मैं नहीं चाहती थी कोई उसकी मासूमियत को यूँ ठगे, उसे बेवकूफ बनाये, उससे ज्यादा पैसे लेकर उसे लूटे। लेकिन दूसरी तरफ मैं लालची होती जा रही थी। मुझे अनुसार से बहुत सारी नई-नई चीजें चाहिए होती थीं। अपने वो शौक; जो मैं अपने दम पर पूरे नहीं कर पाती

थी, वो अनुसार पूरे कर सकता था। मेरी ज़िन्दगी में उम्मीद होने के साथ-साथ मेरा बैंक बैलेंस था अनुसार। उसकी बैंक की नौकरी और उसमें होने वाले फायदे जब वो गिनवाता था, तो लगता मानो मेरी ज़िन्दगी की फिक्स डिपाजिट बन चुकी है उसके सहारे। उसे मेरी मदद करना, मुझे ख़ुशी देना अच्छा लगता और मैं धीरे-धीरे उसी को पिता मानकर उस पर निर्भर होती गयी। मैंने उस वक्त नहीं सोचा कि जब ये साया एक दिन मेरे सर पर नहीं रहेगा, तब मेरा क्या होगा।''

चौथा दिन फिल्म देखकर, कॉफ़ी पीने में घंटों गुजारकर बीता, तो वक्त के पंखों से फड़फड़ाकर अनुसार के जाने का वक्त भी निकल आया। शाम 6 बजे की ट्रेन से अनुसार की वापसी थी और मेरे दिल में हल्की-सी धक-धक हो रही थी, जो निश्चित रूप से अनुसार के प्यार की नहीं, बल्कि अनुसार की चिंता की थी। अनुसार जाना नहीं चाहता था, ये उसने हजारों बार कहा और मैं चाहती थी उसकी वापसी, जिससे वो फिर से मुझसे मिलने आये। हमारा रूटीन उसके जाने पर ही निर्भर था। उसकी नौकरी और मेरा कॉलेज, इससे ज्यादा वक्त एक साथ बिताने की इजाजत नहीं देते थे; साथ ही हम लड़कियों का जरूरत से ज्यादा और वक्त से पहले समझदार होना भी उसके और रुकने में रोड़ा था।

स्टेशन पर इस शाम हम दोनों खड़े अलग-अलग ख़यालों से भरे, किसी रंग-बिरंगे कैनवास जैसे मालूम दे रहे थे, जिसमें एक सिरा ठहराव की कवायद में था, तो दूसरा सिरा बह जाने को आतुर। ट्रेन में बैठते हुए रुआँसा हो रहा था अनुसार; जब मैंने उसे याद दिलाया कि कोई जरूरी गिफ़्ट जो उसे मुझे देना था, वो शायद भूल गया है।

याद आने पर एक डायरी, अनुसार ने मुझे निकालकर दी, जो उसके जाने के बाद खोलने की हिदायत के साथ उसने मेरे हाथ में थमाई। ट्रेन आगे की तरफ चल दी थी, जिसके साथ ही अनुसार अब दिखाई देना बंद हो गया था। यूँ तो मैं उससे नजर नहीं मिला पायी थी, उसके जाने के वक्त, लेकिन मैं भी चाहती नहीं थी कि वो जाये। ट्रेन चलने के वक्त खिड़की से उसका मुझे 500 रुपए देना, एक स्नेह, एक लगाव को दर्शा गया था... जैसे अक्सर हमारे अपने हमें चलते वक्त छोटा बच्चा जानकर हमारी छोटी-

छोटी किसी ख़ुशी के लिए पकड़ा जाते हैं। अनुसार के वहाँ से जाने के बाद मैं ऑटो पकड़कर वापस घर आ गयी... इस बीच डायरी को खोलने की उत्सुकता लगातार मेरे मन में बनी रही। हल्के हरे रंग की वो सामान्य-सी डायरी, जिस पर टेडीबियर बने थे; यूँ तो पतली-सी थी, लेकिन लिखावट या किसी और वस्तु विशेष को रखने से मोटी हो गयी थी। कुछ स्याह पन्नों के साथ दिल की इबादत लिखी गयी थी, वहीं बाकी पन्ने खाली थे; जो आगे की कहानी को पूरा होते देखने की ख्वाहिश में मर मिटने पर उतारू थे।

तसल्ली से कपड़े बदलकर बिस्तर में बैठी, तो रूममेट से आदतन छुपा ली मैंने अपनी डायरी। चुपचाप खोलकर अकेले में प्रेम-पत्र पढ़ने का सुख किसी स्वर्ग में नहीं। पहले पन्ने से लेकर आखीर तक में कुछेक काले नीले पुते पन्ने, कुछेक मेरी फेसबुक पर से ली गयीं तस्वीरें और कुछ अंग्रेजी हिंदी की मिली जुली शायरी थी, जो यकीनन उसी ने लिखी थीं, क्योंकि अनुसार एक अच्छा शायर था, ये उससे पहली बातचीत से ही मुझे पता था। पहली बार मुझे यूँ प्रेम-पत्र के रूप में किसी ने डायरी दी थी; जो अपने आप में पूरा इजहार था, अनुसार की मोहब्बत का।

दिल की हेरा-फेरी

अनुसार, अगली सुबह इलाहबाद पहुँच गया था और उसी शाम तक बस से अपने गाँव। हम दोनों की किसी राह पर मिली जिन्दगी एक बार फिर अपनी-अपनी दिनचर्या की मोहताज हो गयी। इस पहली मुलाकात, जो अक्टूबर में हुई, इसके बाद हमारी बातों के सिलसिले चल निकले; जिसके बाद अनुसार हर महीने दर महीने आता रहा और हमारी हर मुलाकात किसी मायने में खुद को पहली वाली से बेहतर साबित करती रही।

सब कुछ यूँ ही चलता रहता, अगर उस दिन काले लाल रंग की उस शरीर से चिपकी टी-शर्ट में दूर से चलकर आ रहे उस देसी लड़के की एंट्री मेरी कंप्यूटर लैब में न हुई होती। आँधी की तरह वो लड़का (विशेष) आया और तूफान की तरह उसने अपना तहलका मचाना शुरू कर दिया। ठंड अब अपने शबाब में सुस्ताने लगी थी, लिहाज़ा मेरा जन्म-दिन अब आने वाला था। ये आज का दिन किसी दुकान के बाहर बनी उस खुशमिजाज लड़की के अनजाने मन जैसा होता, जो सबका स्वागत एक समान करती है; अगर वो कॉल मेरे पास न आया होता।

कॉल विशेष का था, जो मेरी क्लास में पढ़ता था। फोन यूँ ही बेवजह आया था, लेकिन न जाने क्यों अनुसार से छुपा नहीं पाई मैं ये। मैं अनुसार

से कुछ नहीं छुपाती थी, जिसके चलते मुझे यकीन था, अनुसार मुझे समझेगा... जो समझता भी था। इस सब में एक बात थी जो मुझे सालती थी; जब उस कॉल के बाद अनुसार ने कहा कि क्या मैंने अपनी क्लास में उसके बारे में सबको बताया है? तो मैं मौन थी; क्योंकि मैंने नहीं बताया था। मैं किसी को ये दिखाना नहीं चाहती थी कि मैं किसी के साथ बँधी हूँ।

पंछी जब नया-नया पिंजरा छोड़कर बाहर निकलता है, तो सोचता है आसमान उसका है, उसके बाप की जायदाद है, जहाँ वो उड़ रहा है। वो उड़ते-उड़ते अपने घोंसले को बंधन समझने लगता है और अपने रक्षक को अपना दुश्मन। जिस सब में वो ये भूल जाता है कि घरौंदा ही उसकी असल सुरक्षा है। जानता भी है तो जान-बूझकर घरौंदे से बाहर के आशियाने को पसंद करने लगता है, क्योंकि वो आराम चाहता है... दो तरफा आराम। वो चाहता है घरौंदे के अपने तो उसके हैं ही; वो तो घर में उसकी मदद को हाज़िर हैं ही; साथ ही अगर वो बाहरी पंछियों को भी अपनी शाख पर आने दे, अपने साथ उड़ने दे, तो बाहर भी उसके अच्छे मददगार होंगे। इस सब में वो सब-कुछ जानते हुए भी दोनों तरफ से पिसता है, लेकिन घरौंदे वालों को कभी ये यकीन नहीं दिला पाता कि वो जानता है उसके असल अपने कौन हैं, वो कहाँ रहना चाहता है, उसे क्या चाहिए?

''तुम्हें याद है अनुसार हमारी बात किस दिन शुरू हुई थी?'' मैंने अनुसार से पूछा। तब मैं कुछ उदास थी।

''हाँ, आज के दिन; हैप्पी लविंग एनीवर्सरी स्वीटहार्ट'' अनुसार ने कहा, तो उसकी याददाश्त की दाद दे दी मैंने।

''बस सूखे सूखे... कोई मतलब नहीं किसी बात का; कोई पिकनिक, कोई गिफ्ट, कोई शायरी, कुछ नहीं।'' मैंने उससे शिकायत की।

''तुम्हारे लिए एक सरप्राइज है प्रिंसेज, मैं चाहता था तुम्हें मिले तब तुम खुद फ़ोन करो; लेकिन तुमने पहले ही खुलवा लिया, चलो कोई बात नहीं, इंतजार करो, पहुँचता ही होगा।'' अनुसार ने किसी जादूगर जैसे पत्ते खोले।

''सरप्राइज तो तुम हर महीने देते ही हो खुद आकर, हर महीने की

चॉकलेट्स दिलवाकर जाते हो।'' मैंने खुश होकर कहा और इंतजार करने लगी उस चीज़ का, जो अनुसार ने मेरे लिए बिना बताये भेजी थी।

वो पल आया भी... तब, जब मैं पीछे की दुकान पर बर्गर लेने गयी हुई थी। जिसको देखते ही मेरे दिल में स्नेह के गुब्बारे फूटने लगे। ये एक म्यूजिक कपल था, जो ऑन होने पर डांस करता था... साथ ही मेरी पसंदीदा चॉकलेट और एक चिट्ठी थी। चिट्ठी में हमारे रिश्ते के एक साल पूरे होने पर बधाई के साथ-साथ मेरे लिए उसकी भावनाओं को उकेरा गया था। एक लेखक होने का सबसे बड़ा फायदा ये है कि आपका साथी आपसे हमेशा खुश रहेगा। अनुसार का लेखक मन जब मेरी तारीफें करना शुरू करता, तो चाँद-तारों को तुरंत जमीन पर लाता और दूसरी ही घड़ी, जमीन को आसमान में उठा ले जाता। कभी मेरे चेहरे को सूरजमुखी से तोल देता तो कभी मेरे गालों को गुलाब-सा महका देता।

असल पचड़ा इस खूबसूरत रिश्ते में एक मोड़ लाया... एक तहलका मचाता मोड़। जब विशेष के एक दोस्त का मेरे पास उसे लेकर फोन आया, जिसमें विशेष ने मुझे अपने साथ डेट के लिए पूछा था और मैंने थोड़ी ना नुकुर के बाद उसको भी हाँ कर दी। अब मेरे दोनों हाथों में लड्डू थे। एक हाथ में अनुसार, मेरे पास मुझ पर सब-कुछ लुटाने को तैयार था तो दूसरी तरफ विशेष मुझसे हाँ कहलवाकर इतना खुश था मानो सातवाँ आसमान अब उसका ही गुलाम हो। मैं दोनों को एक साथ सँभालने की जद्दोजहद में जुट गयी।

विशेष को बाहर कॉलेज तक रखकर अपनी असल दुनिया में अनुसार के साथ हवामहल की सैर कर रही थी मैं; मानो सब-कुछ मेरे हक में एक हद तक होना था। कोई भी कुछ करने से पहले ये कहाँ सोचता है... उस सोने-सी चमक वाली जिन्दगी के पीछे आने वाला अँधेरा मैं नहीं देख पा रही थी।

''अब-तो तुम्हारा जन्म-दिन आ रहा है सुरमा।'' अनुसार के साथ चलते सफर में एक रोज़ फ़ोन पर बातों में अनुसार ने कहा तो मेरे चेहरे पर बड़ी-सी मुस्कान निकल आई।

''हाँ, तुम्हें याद था?'' मैंने अपनी ख़ुशी जाहिर करते हुए कहा।

‘‘मैं चाहता हूँ तुम्हारा बर्थडे मेरे साथ हो इस बार... ये दिन एक उस ख़ास दिन जैसा हो, जैसा रानी एलिजाबेथ का जन्म-दिन; आज अगर मैं मुख्यमंत्री होता तो इस दिन की सरकारी छुट्टी करवाता।’’ अनुसार ने दूर तक के सपने दिखा दिए।

मैं बस हँसती रही और अनुसार अपनी मीठी-मीठी बातें बोलता रहा। इसी बीच विशेष का फ़ोन आ जाने से मैं व्यथित हो गयी तो मैंने अनुसार के फ़ोन से पीछा छुड़ाना चाहा।

‘‘हे भगवान! ये तो फ़ोन किये ही जा रहा है।’’ मैं मन-ही-मन बड़बड़ायी।

‘‘अच्छा सुनो अनुसार; मैं जरा अभी बात करती हूँ, फ़ोन रखना... किसी का फ़ोन आ रहा है। मैंने कहा।

‘‘किसका है? इस वक्त तो कोई नहीं करता ना?’’ अनुसार ने कहा।

‘‘अब ये मुझे नहीं पता; नंबर से है, उठाकर ही पता चलेगा न।’’ मैंने झल्लाकर अनुसार से कहा।

‘‘अच्छा ठीक है, फ़ोन कर लो।’’ अनुसार ने कहा।

मैंने विशेष को तुरंत कॉल लगाया तो उसका पहला सवाल ‘‘कहाँ बिजी हैं?’’

‘‘घर से था फ़ोन और किसका होगा इस वक्त।’’ मैंने विशेष से बिना देर किये कहा।

‘‘अच्छा ठीक, ठीक; तू इस वक्त न करती फिर चाहे... मुझे तेरी याद आ रही थी इसलिए किया बस।’’ विशेष, बेचारी-सी आवाज़ में बोला।

‘‘चल अच्छा कोई बात नहीं, लेकिन इस वक्त मत किया कर; घर से आ गया तो दिक्कत हो जाएगी।’’ मैंने उसे पट्टी पढ़ाते हुए कहा।

‘‘ठीक है सॉरी’’ कहकर विशेष से बात खत्म हुई तो मैंने देखा, अनुसार इस बीच तीन बार कॉल कर चुका था।

“हाँ अनु!” मैंने बातों पर एक्स्ट्रा बटर चुपड़ते हुए कहा।

“किसका फ़ोन था?” उसने साफ़ शब्दों में, लेकिन नरमी से पूछा।

“रॉन्ग नंबर था यार, दिमाग खा गया मेरा; मैं तुम्हे नंबर दूँगी वो, देखना तुम उसको।” मैंने अपनी सफाई में कहा, जिससे अनुसार को मेरी बातों पर यकीन हो गया।

मेरा जन्म-दिन आने में अभी पन्द्रह दिन बाकी थे और अनुसार के मुझसे मिलने आने में भी। इस बीच मैंने अपने कॉलेज में सबको ये बता दिया था, कि ये जन्म-दिन मैं अपने पुराने दोस्तों के साथ कहीं और मनाने जा रही हूँ, तो कोई मुझे डिस्टर्ब न करे। हालाँकि इस सबसे विशेष को थोड़ा बुरा लगा था, लेकिन ये उस रातरानी के फूल जैसा था, जो रात को मुरझा- कर सुबह फिर नया रूप लेकर उग जाता है। विशेष का गुस्सा कुछ पल का होता था, या यूँ कहा जाए मुझे कोई फर्क नहीं पड़ता था उसके रूठने मानने से। अनुसार मेरा बैंक बैलेंस था, जिसके चलते कुछ हद तक मैं अक्सर उसको बाद में मना लिया करती थी। अनुसार पर मैं उस हर रोज झल्ला पड़ती, जब उसकी मेरे लिए पजेसिव होने की हरकतें बढ़ने लगतीं। मै उस पर चिल्लाती, उसे ताने देती और अक्सर ज्यादा गुस्से में गालियाँ भी। अनुसार 95% बार तो एकदम चुप रहता... यूँ कहो कि गूँगा बना रहता। उसे मुझे खो देने का डर होता और मैं अपने ही बनाये दलदल में फँसती जा रही किसी मछली-सी छटपटाती रहती।

इस दलदल से बाहर आना चाहती, तो विशेष से उसके बारे में सुने किस्सों से डर लगता। डर लगता, कि जिन सबके साथ अभी कॉलेज में दिन बिताने हैं, उनका सामना कैसे कर पाऊँगी, अगर अब सच को स्वीकार किया तो। हर दिन उस दिन को कोसती, जब न जाने किस जोश में आकर विशेष को हाँ कहा था मैंने। अपने लोकल फायदे देखकर उसका इस्तेमाल करने के चक्कर में खुद को बुरी तरह इस सब में फँसा लिया था मैंने। दूसरी तरफ कोशिश करती, इन दोनों में से कोई एक मुझे बिना सवाल किये छोड़ दे तो मेरी बनी बनाई इज्जत ऐसी ही रहे। अपने साफ़-सुथरे रुतबे को हर सूरत में बचाने के चक्कर में रोज घुटने लगा था अब मेरा मन।

''मुझे छोड़ क्यों नहीं देते तुम अनुसार; वैसे भी इतने दूर से रिश्ते कहाँ निभाए जा सकते हैं।'' मैंने आज फिर अनुसार पर चिल्लाया, जब मेरे कॉलेज से 2 घंटा देरी से घर आने पर अनुसार ने मुझसे सवाल किये।

''तुम बताकर भी तो जा सकती हो प्रिंसेज, मुझे चिंता हो जाती है। मैं बस इतना कह रहा, इसे समझो तो सही।'' अनुसार बोल पड़ा था, मानो परेशान हो गया हो।

''बताने का याद नहीं रहा तब मुझे।'' मैंने बेफिक्र अंदाज में कहा।

''कॉल तो उठा सकती थीं न मेरा।'' अनुसार ने शिकायत की तो मेरे पास अब कोई जवाब नहीं था।

''मुझे लगा कुछ देर में पहुँचकर तसल्ली से ही करूँ बात।'' मैंने सफाई देने की फिर से कोशिश की।

''कम-से-कम बता तो देना चाहिए तुम्हें। उसने झींकते हुए कहा और चुप हो गया।

''सॉरी ना, अब से बता कर जाया करूँगी।'' मैंने बात खत्म करते हुए कहा।

''अच्छा सुनो, अगले हफ़्ते आ तो रहा ही हूँ, क्या प्लान है? उस दिन सब तुम्हारी पसंद का ही करेंगे; जो प्रिंसेज कहें वही।'' अनुसार ने कहा तो वापस खुश हो गयी मैं।

तय हो चुका था कि अपने बर्थडे पर अनुसार के साथ 3 दिन की डेट में घुलना। अनुसार ने मुझे राधाकृष्ण की एक सुंदर मूर्ति और एक खूबसूरत घड़ी मुझे तोहफे में दी थी, जिसे मुझे पिछले महीने से लेना था, लेकिन पैसे नहीं जुटा पा रही थी मैं।

''मुझे अपने मूवी जाना है और सी.सी.डी. भी जाना है कॉफ़ी पीने और बहुत सारी शॉपिंग करनी है।'' मैंने अनुसार को अपनी लिस्ट थमाते हुए कहा।

''ठीक है, जैसे तुम कहोगी वैसे करेंगे।'' अनुसार ने कहा।

जन्म-दिन आने के साथ ही बधाइयाँ भी मिल रहीं थी, लेकिन मैं और अनुसार अलग ही दुनिया में खोये थे। सब-कुछ मानो किसी रंगीन तितली-सा उड़ा-उड़ा जा रहा था। पैसिफिक मॉल में पूरे चौड़े में बैठकर मूवी देखते-देखते कॉल लेती रही मैं। इसी बीच विशेष का फ़ोन आया तो हर बार की तरह इग्नोर कर दिया मैंने।

सामने मूवी चल रही थी और पीछे की सबसे किनारे वाली 2 सीट में से एक खाली सीट थी, जो कि हमारी थी। मुझ में खोकर अनुसार मेरे करीब आ गया था और न जाने कब तक हम एक-दूसरे में डूबे रहे। हो सकता है तब तक, जब तक लाइट ने शरमाकर जलना बुझना नहीं शुरू कर दिया। अब इंटरवल हो चुका था, जिसके बाद हम उठकर बाहर चले आये। अब एक-दूसरे के शरीर में घुलना पूरा हो चुका था, क्योंकि मुझे तेज भूख लगी थी।

''चॉकलेट ब्राउनी खानी है मुझे।'' मैंने अनुसार से वहाँ के फ़ूड सेंटर में बैठते हुए कहा।

अनुसार 10 मिनट के लिए भी मेरी नजरों से दूर नहीं हो रहा था, इसलिए मुझे सामने वाली सीट पर बैठाकर वहीं से ऑर्डर बनने तक ताकता रहा वो।

''पेश है प्रिंसेज का आर्डर!'' – कहते हुए अनुसार ने मेरी ब्राउनी और अपनी पनीर चाऊमिन सामने रखी।

''तुम और तुम्हारी चाऊमिन...'' – कहकर हँसने लगी मैं और अनुसार मुस्कराते हुए उसे खाने लगा।

मेरा पूरा ध्यान अपनी दो फ्लेवर वाली ब्राउनी में था, जो तब बँट गया, जब अनुसार ने अपनी चाऊमीन की चम्मच नीचे रखकर मुझे एकटक निहारना शुरू किया।

''क्या हुआ, ऐसे क्यों देख रहे हो?'' – मैंने पूछी।

''कुछ नहीं बस यूँ ही।'' अनुसार ये लाइन तब बोलता था, जब वो कुछ बहुत गहरा खोया हुआ होता था। निश्चित ही आज भी ऐसा था। मैं

अनुसार को जितना जानती थी, उतना काफी नहीं था।

'सुरमा!' अनुसार ने कहकर मेरा हाथ अपने हाथों में ले लिया।

तुम मुझसे शादी कर लो... पहले यहाँ से जल्दी पढ़ाई पूरी कर लो, फिर हम तुम्हारे घर पर बात करेंगे। मैं नया घर बनवा लूँगा हम दोनों के लिए, फिर तुम आ जाना, हम वही रहेंगे; घर न, मैं ऑन रोड बनवाऊँगा... बच्चे जब तुम चाहो; जिस तरह से घर चलाना चाहो तुम चलाना और जो पसंद हो तुम वो करना'' अनुसार मुझे देखता गया और कहता गया। धीरे-धीरे, एक-एक शब्द कानों में अप्रत्याशित-सा घुलने लगा।

अचानक मेरे जोरों से हँसने पर अनुसार चौंक गया।

''क्या हुआ?'' अब मेरे मन की बात लेने की बारी अनुसार की थी।

''तुम बहुत मासूम हो अनुसार।'' मैंने उसकी आँखों में देखते हुए प्यार से उसके सर पर हाथ फिराया और माहौल में शरबत बिखर गया।

''तुम ये सब इतनी आसानी से कह गये, यकीन नहीं होता; क्या तुम्हें पता भी है तुम क्या कह रहे हो?'' मेरा हँसना अभी भी चालू था।

''हाँ, तो इसमें मुहूर्त की जरूरत थोड़ी न होती है। अनुसार ने दिमाग पर जोर न डालते हुए उसी आसानी से फिर कह दिया।

''और बच्चे... बच्चों तक पहुँच गये हो बुद्धू।'' मेरी हँसी अब जाकर थोड़ा काबू में आई थी।

''अरे! जब शादी होगी तो बच्चे भी होंगे ही न।'' अनुसार की भोली शक्ल, हजार मोतियों की चमक फीकी कर रही थी।

''लेकिन तुम्हारे बच्चे तो बड़ी आसानी से हो गये।'' मैंने अब हँसना छोड़कर मुस्कराना शुरू कर दिया था।

''इसमें मुश्किल भी क्या है; बस तुम साथ देना, सब ऐसे ही आसानी से हो जाएगा।'' अनुसार ने कहा तो अब खयालों के समन्दर में मैं गोते खाने लगी।

मैं हमेशा से जानती थी, अनुसार और मेरा साथ में कोई भविष्य नहीं। हमारे बीच की असमानताओं के कारण, हमारी जात-बिरादरी के कारण। अक्सर मुझे इस बात को लेकर फ़िक्र होती; चिंता होती अनुसार की, उसके... मुझे लेकर पनपते सपनों पर उसके भरोसे की; मुझे चिंता होती उसकी, उसकी मासूमियत की। मैं जो उसके साथ अनजाने में कर गयी थी, उसे लेकर मेरे दिल में उबल रहे पश्चाताप की चिंता मुझे रात-दिन खाए रहती। अनुसार जब-जब प्यार दिखाता, तब-तब मन करता, उसके सामने हाथ जोड़कर गिड़गिड़ा दूँ, अपनी भूल की माफ़ी माँगूँ। हर बार सोचती, पर ये सिर्फ खयाल ही बनकर रह जाता... लगता कि ऐसा किया तो उसकी नजरों में गिर जाऊँगी, फिर मेरी क्या इज्जत रह जाएगी? ऐसे में बात रुकती इस जगह पर आकर, कि एक बार इस कॉलेज से पढ़ाई पूरी हो जाए तो विशेष के साथ बने बेतरतीब से इस रिश्ते को अलविदा कहकर मैं लौट आऊँ बिना किसी कल के, अपने अनुसार के पास।

दिन पूरा होने को आया था और विशेष का कई बार फ़ोन आ चुका था इस लिहाज़ से मैंने मन में धारणा बनाई थी कि शाम को वापस जाकर अपनी उँगलियाँ फ़ोन की स्क्रीन पर परोसी जाएँगी। अब अनुसार ने होटल की तरफ पैर बढ़ाये तो मैंने आंटी के घर की तरफ। अनुसार अपने बिजी शेड्यूल में से ये एक दिन लेकर आया था। होटल से सीधा रेलवे स्टेशन निकल गया वो और मैं फ़ोन पर विशेष का नंबर उकेरने में लग गयी। हवा में हमारी बातें उड़ने लगीं और अनुसार की ट्रेन। दोनों इतनी तेजी से दौड़ पड़े कि एक-दूसरे से अचानक टकरा गये।

''कहाँ बिजी हो तुम?'' अनुसार का नंबर स्क्रीन पर देखते ही मैंने विशेष को जल्दी से टाला।

''वो मैं..., आज मेरा बर्थडे है भई, विशेज आ रहे हैं, बस एक रिश्तेदार का था।'' मैंने अटकले हुए कहा।

''कौन से रिश्तेदार का?'' अनुसार ने पूछा।

''एक रिश्ते के मामा का।'' मैंने कहा।

''कौन से मामा? कहाँ रहते हैं ये? पहले तो कभी नहीं बताया

तुमने।'' उसने एक साथ तीन सवाल दागे, जिसको लेकर और झूठ बोलना मुझे मुश्किल होने लगा।

''अब तुम क्या सबको जानते हो?'' मैं किलस पड़ी।

''हाँ, मैं नहीं जानता सबको; बता तो सकती हो न।'' अनुसार ने कहा।

''नहीं बता रही, मैं सोने जा रही हूँ।'' मैंने झल्लाकर फ़ोन रख दिया।

अगली सुबह देखा तो अनुसार का गुडनाइट का मैसेज मिला बस... इसके अलावा कुछ नहीं। मैंने सुबह का हाल-चाल लेने को फोन किया तो अनुसार इलाहाबाद स्टेशन पर ट्रेन से उतरकर बस में बैठने ही वाला था। उससे बात करके कॉलेज गयी, तो क्लास के दोस्त पार्टी का इंतजार कर रहे थे। सब सामान्य रहा सिवाय एक बात के, कि विशेष आज जरूरत से ज्यादा ही जल्दी बात करने लग गया। अमूमन वो 2 से 3 घंटे लगाता था अपनी नाराजगी से हटकर बातों के छौंके तक आने में, लेकिन आज वो जाते ही बोलने लग गया तो मुझे हैरानी हुई। हैरानी की एक बात और भी थी, जो आज मैंने महसूस की; वो ये कि जब भी विशेष किसी लड़की के बारे में इंटरेस्ट लेकर मुझे बताता तो मैं जल-भुन जाती। आज भी यही हुआ, जब विशेष ने किसी अनामिका वर्मा के बारे में मुझे बताया।

''तूने मेरे बारे में अपने यहाँ के दोस्तों को भी बताया हुआ है क्या?'' विशेष ने कहा तो अजीब लगा मुझे।

''हट, पागल है क्या; उनको ये तो पता है कि मेरा कोई है, लेकिन तुझसे बात है मेरी, ये किसी को नहीं बताया मैंने।'' मैंने बात को साफ़ किया।

''ये तुम्हारे तरफ की कोई लड़की है अनामिका'' विशेष ने कहा।

अच्छा, तो? मैंने त्यौरियाँ चढ़ाईं।

''इसकी रिक्वेस्ट आई थी फेसबुक पर।'' विशेष ने आगे की कहानी बताई।

''अच्छा, होगी कोई।'' मैंने आश्वस्त होते हुए कहा।

''तेरे बारे में पूछ रही थी वो मुझसे।'' उसने कहा।

''अरे, दिखा तो, ये है कौन?'' मैंने कहा, लेकिन अगले ही पल बात उतनी जरूरी नहीं लगी।

'देख' विशेष दिखाने लगा तो मैंने उसे मना कर दिया।

''हजार जानने वाले हैं मेरे, होगी कोई... सबको आजकल दूसरे की जिन्दगी में घुसने में मजे आते हैं।'' मैंने नाक मुँह सिकोड़ा।

''बड़े लोग, बड़ी बातें'' विशेष ने कहा।

''सुन! इसको हमारे बारे में कुछ बताया तो नहीं ना तूने?'' मैंने अपने राज को पुख्ता करते हुए पूछा।

''ना, ना, पागल है क्या; मैं नहीं बताता इतनी आसानी से।'' विशेष के कहने पर मुझे तसल्ली हुई।

''बस ये कहा कि मेरी खास दोस्त है वो; सबसे अच्छी दोस्त, मैं उसके लिए फील करता हूँ।'' विशेष ने बड़े गर्व से कहा, तो उसका सर फोड़ देने का दिल किया मेरा।

'कहाँ-कहाँ से उल्लू मेरे ही पल्ले पड़ते हैं; पर चल अब इसमें ये गधा भी क्या करे।' कहकर अपने को कोसने लगी मैं।

अनामिका की बातें कुछ दिन बताई मुझे विशेष ने... फिर वो किस्सा हम भूल गये। विशेष का नहीं पता, लेकिन मेरे जेहन से अनामिका अब पूरी तरह से मिट चुकी थी।

जासूसिये अंदाज

आज सन्डे था और मैं सुबह से ही बोर हो रही थी। सुबह, अंडे जैसी सफेद हुई थी, जिसके बीच का सूरज उसके पीले भाग जैसा चमकीला लेकिन बेकार दिख रहा था। मौसम सर्दी का हो, तो सूरज की औकात सबको दिख जाती है और गर्मी का हो तो सूरज खुद की औकात सबको दिखा डालता है। ये जेठ की गर्मी थी, लेकिन देहरादून का मौसम अपनी खासियत दिखाने से आज भी बाज नहीं आया था। मौसम सुहाना था और अनुसार आज किसी मीटिंग के चलते सुबह ही अपने डिस्ट्रिक के हेड ऑफिस निकल गया था। मेरे अंदर की घुमक्कड़ी मेरे सुबह के नाश्ते के पहले वाली तेज भूख की तरह बढ़ती जा रही थी। तभी मेरा विशेष के साथ F.R.I. (फारेस्ट रिसर्च इंस्टिट्यूट) में घूमने जाने का प्लान बना।

"प्लांट्स भी देख आयेंगे हम विशेष और घूम भी आयेंगे।" मैंने विशेष से कहा।

"चल ठीक, टाइम से आ जाएँगे।" विशेष ने कहा।

आज अनुसार भी शाम तक बिजी है। कोई फ़ोन आना नहीं, चली

जाती हूँ... बाद में पूछा भी तो बता दूँगी, घूमने गयी थी क्लासमेट्स के साथ।

सोचकर, हरे रंग का शीशे जड़ाऊ कुर्ता पहनकर, विशेष का फोन आने का इंतजार करने लगी मैं, जिसके आने में आज जरा कुछ वक्त लगा, लेकिन जब आया तो भौंरे की तरह तब तक घर के बाहर ही मँडराता रहा, जब तक मैं नाश्ता करके बाहर नहीं आ गयी।

''आज तो गजब लग रही है तू।'' विशेष ने मुझ पर एक सरसरी निगाह डाली, जिससे मैं थोड़ा हिचक गयी।

''मक्खन मारना बंद कर, कोई काम होगा आज तुझे।'' मैंने सब-कुछ जानते हुए भी कहा।

''अरे, कसम से, काम कोई नहीं है; बस आज दिल दोबारा आ गया है तुझ पर'' उसने कहा।

''आज इरादे ठीक नहीं लग रहे तेरे।'' मैंने हँसते हुए कहा।

मैं तो मान रहा हूँ, मेरी नीयत खराब हो रही है तुझ पर... अगर F.R.I. की जगह अपने रूम पर ले जाऊँ तुझे गलती से, तो मुझे मत कहना तू आज।'' उसने अपने इरादे साफ़ करते हुए कहा।

''जा फिर वापस, मुझे नहीं जाना तेरे साथ।'' मैंने उसे घूरा, जिसके बाद उसने अपनी जुबान को थोड़ा काबू में किया।

मैं उसके कंधे पर अपना दाहिना हाथ रखकर बाइक पर चढ़ी। जिसके बाद कुछ ही सेकेंड में बाइक हवा से गपशप करने लगी। रास्ते भर विशेष रोज जैसे बातें करता नहीं गया... लेकिन आज वो और दिनों से कुछ अलग लगा मुझे। बार-बार मुझसे चिपकने की कोशिश में मैं बाइक के सबसे पिछले हिस्से पर आ टिकी थी, जिसके बाद पीछे हटने का रास्ता और कोई नहीं था।

''अब नीचे ही गिराएगा क्या?'' – मैंने विशेष से आगे होने को कहा।

''तो तू आगे आ जा ना; नहीं आ रही, तभी मुझे तुझसे टच होने के

लिए पीछे होना पड़ रहा है।'' विशेष ने खुलकर कहा तो फिर से झिझक महसूस हुई मुझे।

एक साथ घूमने हम दोनों अकेले गये तो अकेले जैसे ही रहे वहाँ। म्यूज़ियम के अंदर विशेष ने पीछे से आकर मुझे बाँहों में ले लिया और अपने प्यार का इज़हार अपने हाथों से करने लगा। उसके होंठ फड़फड़ाकर मेरे गालों पर बरस रहे थे और मैं अचानक हुए इस वाकिये में बहक ही जाने वाली थी, कि अचानक किसी गार्ड ने हमें देख लिया।

''ओये! इधर आओ तुम दोनों।'' उसने वहीं से आवाज़ दी हमें, तो घड़ों पानी पड़ गया मुझ पर तो... मानो किसी ने बेइज्जती के समन्दर गें डालकर हमेशा के लिए छोड़ दिया हो।

विशेष, घंटों उस गार्ड के हाथ पैर जोड़ता रहा और मैं सन्न-सी खड़ी सब कुछ देखती रही। बस आँखों से आँसू के 2 कतरे निकले, जिन्हें देखकर शायद वो गार्ड पिघल गया और उसने हमें वहाँ से बस तुरंत चले जाने को कहा। बाहर आकर मैंने तमतमाकर विशेष को ज़ोरदार एक थप्पड़ मारा तो विशेष का गाल झन्ना गया।

अपमान से सुलग रही थी मैं मन-ही-मन... मेरा चेहरा सब बयां कर गया था।

''मुझे माफ़ कर दे सुरमा।'' विशेष ने मेरे पैर पकड़ लिए थे।

मैंने कोई उत्तर नहीं दिया।

''मैंने आज तक किसी से ऐसे माफी नहीं माँगी; चौधरी हूँ, किसी के आगे नहीं झुका... बिगड़ा हुआ भी बहुत हूँ, लेकिन कभी किसी लड़की की बेइज्जती मेरी वजह से नहीं हुई।'' विशेष बोलता गया और मैं बस रोती रही।

न जाने कितने ही मिनट वहाँ के पेड़ों की टकराती हवा की शून्यता में काट डाले। मैंने जब मैं वहाँ से उठी-

मैं भी चल रहा हूँ सुरमा। विशेष ने कहा।

''अब बस कर, मैं चली जाउँगी; मुझे बक्श दे तू अब।'' मैंने कहा।

मैंने आज तक तेरे साथ जो कुछ भी किया, उसके लिए मुझे माफ़ कर दे एक बार... आज के बाद मैं कभी ऐसा नहीं करूँगा। विशेष के चेहरे पर पछतावे की लकीरे उभर आई थीं।

हम चल दिए थे, बिना कुछ बोले। बिना अपनी जगह से हिले हम बस जड़वत से जमे रहे। मैं बस इस सबको भूल जाना चाहती थी। बस कुछ हिस्सा जिन्दगी की फ्लैशबैक में जाये और वापस सब कुछ पहले जैसा हो जाए। मैं आज के किस्से को पुराने विशेष से मिलकर मिटा दूँ और विशेष के लिए मन में घर कर गयी वो खाई बाहर से आई धूल, पाटकर चली जाए।

वापस आकर इस बुरी याद को भुलाने के लिए उससे तुरंत पहले की मीठी याद मैं देखने लग गयी। वहाँ के काफी सारे फोटोज थे... बहुत सारे सुंदर चित्र, दृश्यों को देखकर लग रहा था मानो अभी बोल पड़ेंगे। मुस्कान अभी बस आई ही थी, कि अचानक फ़ोन देखा तो अनुसार का था।

'हेल्लो!' मैंने कहा।

''कहाँ गयी थीं आज?'' उसने बिना किसी हाय हेल्लो के सीधे यही पूछा।

'F. R. I.' मैंने कहा।

''क्यों क्या हुआ?'' मैंने पूछना चाहती थी, लेकिन अनुसार ने बीच में रोक दिया।

''किसके साथ गयी थीं?'' उसने पूछा।

''हुआ क्या है? अचानक ऐसे फिर से... तुम फिर से मुझ पर शक कर रहे हो?'' मैंने कहा।

''मैंने पूछा किसके साथ गयी थीं तुम?'' अनुसार की आवाज़ तेज नहीं थी। उसकी आवाज़ रोज जितनी ही संतुलित थी।

''अपनी क्लास के साथ।'' मैंने कहा।

''कौन-कौन गये थे साथ में?'' उसने पूछा।

''अब इन्क्वायरी करना बंद करो यार, हम सब गये थे।'' मैंने कहा।

'झूठ!' अनुसार का सुर थोड़ा तेज हुआ।

''तुम झूठ बोल रही हो सुरमा; हमेशा की तरह एक बार फिर से तुम झूठ बोल रही हो।'' अनुसार ने दृढ़ता से कहा तो मेरी जुबानी पकड़ डगमगाने लगी।

''मैं झूठ नहीं बोल रही।'' मैंने अपने दिमाग को 440 वोल्टेज देते हुए कहा।

''तुम झूठ ही बोल रही हो... तुम हमेशा से झूठ ही बोलती आयी हो सुरमा; तुम उस विशेष के साथ गयी थीं आज भी हमेशा की तरह...'' – अनुसार ने कहा तो मैं कुछ बोल नहीं पाई।

''तुम सोच रही होंगी मुझे कुछ कभी पता नहीं चलेगा, क्योंकि मैं बहुत दूर रहता हूँ; तुमने सोचा गाँव का सीधा-सा लड़का है, बेवकूफ बनाकर इसे लूटती रहूँगी और ये कभी कुछ नही जान पायेगा... एक और बॉयफ्रेंड बना लूँगी और इसे कुछ खबर नहीं लगेगी'' अनुसार बोला।

''मैं तुमसे झूठ नहीं कहना चाहती थी, लेकिन तुम्हारी आँखों में विशेष खटकता है; जब से मैंने तुम्हें बताया कि उसने मुझे प्रपोज किया था, तबसे।'' मैंने गरियाई-सी आवाज़ में कहा।

''हाँ मुझे नहीं पसंद वो। इतना प्यार किया तुम्हें मैंने... तुम्हारी एक आवाज़ पर दौड़ा चला आता था मैं; ट्रेन में पूरी-पूरी रात जागकर तुम तक पहुँचता और तुम्हारी हर इच्छा पूरी करके वापस जाता... आज तक कभी बदले में न तुमसे कुछ माँगा, न कभी कुछ चाहा। तुम्हारी मासूमियत पर प्यार तो था ही उससे भी ज्यादा दया आती थी मुझे, लेकिन तुमने तो मुझे इतना ज्यादा गलत साबित कर दिया... तुम तो मेरी वो प्रिंसेस रही ही नहीं; तुम तो कोई चालबाज और मतलबी लड़की हो जिसे मैं जानता तक नहीं।'' अनुसार रोता हुआ बोले जा रहा था और मैं बस आँसू आँखों में भरे सुनती रही।

बस सुनती ही गयी। दिमाग का एक तिहाई से ज्यादा हिस्सा जम चुका था और बाकी बचे एक चौथाई हिस्से में कभी विशेष की आज की ज्यादती, तो कभी अनुसार का कोसना टक्कर देकर मुझे पगलाए दे रहे थे। मैं रोती रही, बेचैन होती रही। आज दो पाटों के बीच पिसकर रह गया था मेरा वजूद।

मैंने विशेष को यहाँ के अपने सुविधाजनक जोन को बनाये रखने के लिए अपने साथ लगाया था, लेकिन मैं ये दोनों ही बातें नहीं जानती थी। मैं नहीं जानती थी कि अनुसार को कभी ये पता चल जाएगा और इस वजह से मेरा प्यार इस मोड़ तक आ पहुँचेगा। मैं ये भी नहीं जानती थी कि अपनी सर्विसेज देने के चक्कर में विशेष, मुझसे किसी और तरह की सर्विस चाहेगा, वो भी मेरी खुलेआम बेज्जती कराकर। आज मुझे अनुसार के कंधे की जरूरत थी; उसके उसी प्यार की जरूरत थी, जो अनुसार मुझे घर पर देता था... वही लाड़, जो उसने एक पिता की तरह हमेशा मुझ पर लुटाया था। मैं अनुसार से कहना चाहती थी, कि वो आकर मुझे विशेष से बचा ले। मैं उसे बता सकूँ ये सब, जो हुआ। वो समझ पाए मैंने ऐसा क्यों किया। काश! अनुसार समझ पाए कि मैं भी उससे उतना ही प्यार करती हूँ, जितना वो मुझसे करता था।

आज पहली बार सिर्फ अनुसार बोला और मैंने सुना। उसके मन में एक गुबार था, जो कब से भरा था। न जाने कब से उसके अंदर सुलगता ज्वालामुखी आज फट पड़ा था।

मुझे कैसे पता चला, यही जानना चाहती होगी न तुम; मैं बताता हूँ तुम्हें। फॉलो तो मैं उस विशेष को तभी से कर रहा था, जबसे उसने तुम्हें प्रपोज किया था। हमेशा तुम दोनों की फोटो साथ में कभी किसी झरने पर तो कभी हाथों में हाथ डाले। सब बर्दाश्त करता रहा मैं... तुम्हारी हर एक हरकत, तुम्हारा हर एक जुल्म, मैंने इस प्यार की वजह से उठाया। अनामिका वर्मा बनकर उसको फ्रेंड रिक्वेस्ट भेजी, तब मुझे नहीं पता था कि तुम्हारा वो आशिक इतना बड़ा वाला गधा है। तुम्हारे और अपने रिश्ते के बारे में सब कुछ बक दिया उसने 4 मीठी बातें करने में; अपने जितनी अक्ल नहीं दी न तुमने उसे, तभी सब बोल गया वो। मैं सब-कुछ जानता था

सुरमा; रातों को सो नहीं पा रहा हूँ कितने दिन से... अचानक रात के किसी पहर में आँख खुल जाती है डरकर कि कहीं तुम मुझे छोड़ न दो... ये सोच-सोचकर बस अकेले ही रोता रहा। इस उम्मीद में चुप रहा कि शायद तुम्हें भी मुझ पर कभी तो तरस आये; लेकिन तुम दिन-ब-दिन पत्थर होती गयीं... मुझ पर चिल्लाना, मुझे छोड़ने की धमकी देना, मुझे गालियाँ देना, मुझे कोसना तुम्हारी दिनचर्या में शामिल होता गया। ऐसे तो अगर मैं तुमसे कहता तो तुम मुझे आसानी से गलत साबित कर देतीं; मैं तुम्हे रंगे हाथों पकड़ना चाहता था, ताकि कोई जवाब न दे पाओ तुम।

''देखो, वही हुआ; आज सच हम दोनों के दरमियां है। मैं पूछता हूँ क्यों किया तुमने ऐसा? क्यों! मैंने क्या कमी रखी तुम्हारे लिए बताओ। अगर कुछ थी भी, तो कहा होता ना, मैं वो भी करता सुरमा; मेरी नजरों के सामने मेरी लिटिल प्रिंसेज कब सुरम्या बन गयी, लगा ही नहीं। क्यों सुरम्या, क्यों खेला तुमने मेरी भावनाओं के साथ? मुझे बतातीं कि मैं इसे यूज़ कर रही हूँ; बस एक बार बतातीं तो... मेरी इतने दिनों की घुटन का हिसाब कौन देगा सुरमा, बोलो।'' अनुसार की किसी भी बात का मेरे पास कोई जवाब नहीं था, क्योंकि वो सौ प्रतिशत सही था।

''कुछ बोलो तो सही अब; वैसे तो चुप ही नहीं होती हो, कुछ तो कहो अब।'' अनुसार ने मुझे झकझोरा, जब मैं पूरी तरह घुमेर की पकड़ में थी... लगभग रोते-रोते सो ही गयी थी मैं।

''क्या कहूँ मैं अब?'' मैंने कहा, लेकिन मेरा स्वर मानो बिजली की कड़कड़ाहट के बीच दबकर मौन हो गया।

मैं ये सब अब और नही देख पाऊँगा, मैं हार चुका हूँ सुरम्या; अब बस और नहीं।'' अनुसार की आवाज़ भर चुकी थी।

''मुझे माफ़ कर दो।'' मैंने सुंदर झालरों से सजी मोहक आवाज़ में कहा, जो इस वक्त शूल-सा चुभने का काम कर रही थी।

मनौतियों का दौर देर तक चलता रहा... तब तक भी चलता रहा, जब बादलों में अपनी अगुवाई न करने से रूठकर जोरों से छत पर बरसना शुरू किया। तब भी चलता रहा, जब हवा ने किसी नृत्यांगना की भाँति झूमकर

अपनी कला का सर्वोच्च प्रदर्शन दिया। अनुसार तब भी रूठा रहा, जब दिन पूरी बेशर्मी के साथ ढला और मैं तब तक भी उससे माफ़ी माँगती रही, जब दूर कहीं अनंत में रात ने अपने घुँघरूओं का सुर मद्धम कर लिया।

अनुसार पूरे 3 दिन बाद फ़ोन पर जवाब देने आया था; लेकिन इस शर्त पर, कि मैं अब विशेष से कोई वास्ता नहीं रखूँगी... उसे हर जगह से ब्लॉक कर दूँगी और कॉलेज में उसकी तरफ देखूँगी भी नहीं। उसे अनुसार के बारे में सब-कुछ बता दूँगी और उससे अब किसी तरह की मदद नहीं लूँगी।

मैंने सब कुछ माना था, रत्ती-रत्ती बात पर हाँ किया था। अनुसार का खुद से दूर जाना, जिन्दगी में प्राणों के निस्तेज हो जाने जैसा जो लगा था। वो हाथ थामता तो लगता, यूँ चुटकियों में मेरे सारे दर्द खुद में समेट लेगा। मेरी हसरतें अब उस पर आकर दम तोड़ रही थीं।

ओह! आज मुझे सच में उससे मोहब्बत हुई थी, क्योंकि मुझे उसे खोने का डर लगा था। प्यार से आगे बढ़कर, जिसे स्वार्थों से परे कर दिया जाए वो मोहब्बत। वो जो खँडहरों में होती है या होती है गन्ने के बड़े-बड़े खेतों की गहरी-सी दुनिया में... उससे कुछ जुड़ा, उससे एकदम तनहा ये मेरी वो मोहब्बत थी, जो जिस्मानी, रूहानी, मालिकानी ताकतों को एक डोरी में पिरो डाले और फिर अमरत्व लेकर अमर हो जाए।

इन तीन दिन में मैंने लगभग अपनी दुनिया को खो ही दिया था, जिसका कम्पन मैं अभी भी अपने शरीर में महसूस कर रही थी। मेरे कम्पन की दवा, अनुसार था और मेरा कम्पन भी अनुसार। मैं अपने इस रिश्ते को बचाना चाहती थी... अपनी खुद की भी नजर से- सबकी नजर से।

अनुसार और मेरे बीच अभी भी कितना कुछ ऐसा था, जो छिपा था... जो सही मायनों में एक आदर्श रिश्ते के लिए नहीं था। हाँ, हम दोनों ही थे, जो एक-दूसरे से प्यार करते थे, लेकिन हमारे बीच की असमानताएँ और विशेष के बीच में अनजाने ही चले आने से हम इस रिश्ते की मुस्कान को कहाँ देख पा रहे थे।

हमारा रिश्ता सैंडविच की तरह उफन रहा था, टोस्टर में पड़ा जला जा

रहा था... लेकिन मैं इसके लिए कुछ नहीं कर पा रही थी। आज के बाद कभी विशेष से बात नहीं होगी, की शर्त पर अनुसार का गुस्सा उसके प्यार के आगे दम तोड़ गया, लेकिन एक गाँठ मन में शायद हमेशा के लिए घर कर गयी।

आज की शाम भी अनुसार के ताने-बाने से शुरू हुई थी।

''आजकल पूरे 5 बजे ही कॉलेज से निकल जाती हो क्या? 10 मिनट में ही घर आने का फ़ोन कर देती हो।'' अनुसार ने कुछ बात उगलवाने की नीयत से कहा।

ताने की टीस फिर मेरे मन को समन्दर की लहर-सी तेज चुभ गयी।

''जल्दी आती हूँ तब भी समस्या है?''मैंने पूछा।

''समस्या नहीं, बस आश्चर्य है।'' उसने कहा।

''हम पिछले ढाई महीने से नहीं मिले अनुसार और मैंने चॉकलेट भी कब से नहीं खायी।'' मैंने अपना पुराना वाला अनुसार ढूँढ़ने की कोशिश की।

''ज्यादा चॉकलेट सेहत के लिए अच्छी कहाँ होती है; बहुत खा ली हैं तुमने ये, थोड़ा कम करो अब।'' अनुसार ने सुझाया।

बियाबान जंगल में पानी की बोतल मिलने की उम्मीद मानो मर गयी हो, ऐसा लगा मुझे।

''अच्छा सुनो न, कहीं घूमने चलें अनु?'' मैंने अनुसार से कहा तो उसने अपनी छुट्टी देखकर बताने का वायदा किया, जिससे मुझे आग़ के दरिया में तसल्ली की बूँद गिरने का अहसास हुआ।

अनुसार भी कहीं-न-कहीं मुझसे ज्यादा चाहता था कि हमारा रिश्ता आगे बढ़े।

''हम इस बार ऋषिकेश चलते हैं अनुसार।'' मैंने ऑफर किया तो अनुसार को भी ये पसंद आया।

"ठीक है, कितने दिन का रखें वहाँ का?" उसने पूछा।

"3 दिन काफी हैं; इससे ज्यादा का वैसे भी नहीं है वहाँ, बल्कि कम ही होगा।" मैंने बताया।

"जानकारी कर लो; कम दिनों का ट्रिप हुआ तो एक दिन देहरादून रुकूँगा मैं। अनुसार ने ऐलान किया।

कुछ दिनों में अनुसार आया। इस बीच विशेष से अलग होने की हर सम्भव कोशिश में उसको परेशान करने में कोई कसर बाकी नहीं रखी मैंने, सिवाय उसको अनुसार के बारे में बताने के।

मेरी आँखों में अलहदा सपनों ने अब जगह ले ली थी। अनुसार के साथ घर बसाने के सपने... जिसके बारे में शुरू से पता था किसी अनहोनी का।

अनुसार आया था, लमहों को थामकर उस तीन दिवसीय ऋषिकेश के झूले में खो जाने, जो मेरी जिन्दगी के सबसे फुलवारी वाले तीन दिन थे। वो सबसे खूबसूरत तीन दिन। वो रात को हम सड़कों पर भटके, चाट खाने के लिए। झूले पर भागे, उस पर बँधी तिरंगे की जलती बत्तियों के उजाले में मानो हमारे दिल जगमगाने लगे। उस रात मैं सदियों बाद चैन की नींद सोयी, मानो अब कभी जागना ही न हो; जैसे उन बाँहों में सारे जहाँ का सुकून भरा हो। जब बेचैनी से नींद खुलती, तब फ़ोन देखती; कहीं विशेष का कोई कॉल तो नहीं आ गया; वरना अनुसार फिर से गुस्सा हो जाएगा। अनुसार के पास सो रहे होने की राहत से ज्यादा, विशेष के उस कॉल के अचानक आ जाने का डर रहता, जिसके अब कोई मायने तक नहीं थे।

"बहुत भूख लगी है, नाश्ता जल्दी चाहिए।" मैंने सुबह उठकर अनुसार को हिलाया तो देखा वो अभी उठना नहीं चाहता था।

"अभी चलते हैं।" कहकर उसने मुझे अपनी तरफ दोबारा खींचा और वो फिर गहरी नींद में लीन हो गया।

मैं टी.वी. के चैनल बदलती रही कुछ देर पड़े-पड़े और मैंने फिर से उसे उठाया।

"उठो ना अनुसार, 10 बज गये हैं, मुझे भूख लगी है।" मैंने कहा तो और सोने की लालसा लिए मन मसोसकर अनुसार उठकर तैयार हुआ।

बाथरूम में लगे आधुनिक शॉवर से लेकर टॉयलेट के फ्लश बटन तक पर चर्चा करते हम खाने के लिए ढूँढ़ने निकले तो अनुसार से फिर मेरी झड़प हो गयी।

"मैं पूड़ी-सब्जी ले लूँ क्या?" – उसने कहा।

"1 घंटे से भूखे पैदल चल-चलकर तुम्हें ये सड़ी-सी पूड़ी-सब्जी खानी है।" मैं उस पर गुर्रा दी।

"पसंद है मुझे।" उसने कहा।

"भरो फिर।" मैंने तमतमा कर कहा।

"तुम्हें ये नहीं खाना है तो तुम कुछ और खा लो, लेकिन मुझे तो खाने दो ना।" वह भी स्तम्भित-सी अवस्था से उबरते हुए बोला।

पहले मेरी पेट पूजा के चक्कर में अनुसार की पूड़ी सब्जी छूट जाने के अफ़सोस के ऋषिकेश का ये खूबसूरत दौरा अफ़सोसनाक मोड़ पर समाप्त हुआ।

दर्द की सफेद सिल्ली

इसके बाद भी जिन्दगी कभी हल्की नहीं हो पाई, मानो बर्फीली कोई सिल्ली रखी हो भारी बोझ की तरह। ठीक उस बारिश के मौसम के जैसे, जिसमें लगता है बूँदे पड़कर शांत हो जाएँगी, लेकिन उमस और बढ़ जाती है।

हमने अगला दौरा लखनऊ घूमने का बनाया था और उसके बाद दिल्ली का दिल था हमारा। हमने दोनों दौरे किये, एक के बाद एक। मैं गयी थी लखनऊ, तो पहली बार इतनी दूर अकेले जाने का डर मन में टहल रहा था, लेकिन अनुसार के साथ सब-कुछ कुकर में 6 सीटी लगी दाल जैसा आसान और हल्का महसूस हुआ। उस बड़े से रेलवे स्टेशन पर मेरी छोटी-सी प्रेम-कहानी दूर खड़ी मेरे इंतजार में सारे डिब्बे झाँक रही थी। वहाँ का कल्चर देखा और पार्क में एक हसीन शाम गुजारी, तब अनुसार ने कुछ ऐसा कह दिया जिसके चलते मैं हमारे रिश्ते को लेकर असल में सोचने लगी।

चारों तरफ की हरियाली और खूबसूरती देखकर मानो आँखें इसे सच

नहीं मान पा रही थीं। आँखें नहीं मान पा रही थीं कि मैं लखनऊ में इतनी सुंदर जगह हूँ... ज्ञानेश्वर मिश्र पार्क। ऊपर चढ़कर एक बेंच थी, जिस पर टीन शेड पड़े होने से गर्मी का अहसास वहाँ न के बराबर था। आस-पास कुछ ही लोग आये हुए थे और हमें कनखियों से देखने का सिलसिला यहाँ थोड़ा कम था। वहाँ बैठकर हम दोनों ज्यों ही अपने शरीर की थकान को मिटाने वाली सॉफ़्टड्रिंक पीने लगे, अनुसार की आँखों का नीर किसी पेय की भाँति न निकलकर बस उसके होंठों पर सजी चुप्पी में मैंने बहता देख लिया।

''कुछ कहना चाहते हो?'' – मैंने उसके नैनों की भाषा को पढ़कर उसे शब्दों में उकेर देने की कोशिश में मानो उसके दर्द को बहाकर तालू तक ला दिया था।

''कुछ नहीं।'' उसने सर नीचे करके कहा था।

आज पहली बार अनुसार ने अपना सिर मेरी गोद में किसी मासूम बच्चे की तरह रखा था, जो मुझे किसी मीठी छुअन जैसा लगा और मैंने उसके सिर पर हाथ फेरना शुरू कर दिया; मानो मेरी गोद में सारे जहाँ की खुशियाँ समा गयी हों। आँसू रोक लिए जाते, पर अल्फ़ाज़ के रुक जाने से गले रुँध गये थे और प्यार नसों में बहने लगा था।

अचानक अनुसार सीधा बैठ गया और मेरा हाथ अपने दोनों हाथों में ले लिया। मैं मूकदर्शक-सी बनी सब कुछ देखती गयी।

''कुछ गहरा-सा तलाश करता था, जब तुम्हारे पास आया भटकता हुआ; वो तलाश मेरा सुकून था सुरमा।'' अनुसार ने कहा।

मैं बस खामोश रही। अक्सर ख़ामोशी हमारा जवाब बन जाती है, जब हम कुछ बोल नहीं पाते।

''क्या तुमने कभी सोचा है क्या होगा मेरा? तुम्हारे चले जाने के बाद मैं कैसे रहूँगा, कैसे जियूँगा, क्या करूँगा आगे... मेरी ज़िन्दगी में सिर्फ अँधेरा दिखता है, मुझे, जब मैं आगे देखता हूँ। तुम तो चली जाओगी सब-कुछ छोड़कर, मुझे छोड़कर; शादी कर लोगी, पर मेरा क्या?'' अनुसार ने

कहा।

"तुम भी शादी कर लेना।" मैंने कहा।

"तुम अभी मुझे जानती नहीं हो।" उसने टेढ़ी मुस्कान के साथ ठहाका लगाया।

"मैं तुम्हें भी जानती हूँ और बाकी सबको भी।" मैंने भी विश्वास के साथ कहा।

"मैं जब नहीं रहूँगा न, तब पता चल जाएगा तुम्हें; तुम अभी समझी ही नहीं मुझे।" उसने कहा।

"मैं कोशिश करूँगी अनुसार; मैं भी बात करना चाहती हूँ तुम्हें लेकर, हमारे लिए।" मैं सिर्फ इतना ही कह पाई, लेकिन उस दिन मुझे उस पर दया आई, उसके प्यार पर तरस आया; जैसे उसे पहले मेरी बातों पर आता था।

अनुसार, वापसी में मुझे देहरादून छोड़ने आया था तो, खाँसी से मेरा बुरा हाल था। अनुसार को चलती ट्रेन में नींद आ गयी और मैं उसके सामने वाली बर्थ पर बैठकर उसे निहारती रही। हम वापस आ गये थे और पहली बार इतना लम्बा सफर ट्रेन में हम दोनों ने साथ तय किया था।

एक दिन देहरादून रुक कर अनुसार वापस चला गया था और मैं वापस अपने कॉलेज में व्यस्त हो गयी थी। ये मेरा आखिरी सेमेस्टर चल रहा था, जिसके अंत तक मेरी M.B.A. की पढ़ाई पूरी होने जा रही थी, साथ ही प्लेसमेंट के लिए अब हमने कम्पनी और कंपनीज ने हमारे दरवाजे बजाने शुरू कर दिए थे। विशेष, पढ़ाई में हमेशा से कमजोर रहा था, लेकिन साथ ही मेरा प्रोजेक्ट पार्टनर भी था, जिसके चलते मैंने उसे अनब्लॉक कर दिया था; लेकिन विशेष इसे मेरी कुछ वक्त की नाराजगी समझता था, जो देर से ही सही, लेकिन अब दूर हो गयी थी। विशेष के साथ ग्रुप फोटो में अब साथ न खड़े होने का मैं ध्यान रखती थी और कहीं भी जाती थी तो फोटो जरूर खिंचवाकर अनुसार को भेजती थी। विशेष के साथ अमूमन फोटो खिंचवाती ही नहीं थी; लेकिन अगर खिंचवाती भी थी तो

फ़ोन में रखने की गलती कभी नहीं करती थी। अनुसार को मेरे पल-पल की खबर चहिये होती था, जिससे उसके ईगो को ठंडक मिलती थी, वहीं दूसरी तरफ मेरे दिल पर पैने छुरे चलते थे।

मुझे उसे सबूत भेजते हुए कोफ़्त होती और मैं अंदर-अंदर हर बार टूट जाती। इसी बीच हमारा अगला ट्रिप दिल्ली का बना। हम दिल्ली गये तो कुछ समस्याओं के साथ... लेकिन जहाँ इस बार रुके, वो जगह अनुसार के दोस्त का घर था। उसका दोस्त कुछ नर्म मिजाज़ का, लेकिन फ्लर्टी किस्म का शख़्स था। सब कुछ शायद वैसा रहता, अगर उस दिन विशेष को लेकर हुई झड़प में मैंने अनुसार को थप्पड़ न मारा होता।

बो काली शाम, जब हम दोनों सरोजनी मार्किट के अंदर से मेरी जिद पर होकर गुजर रहे थे, तो मेरे फोन पर विशेष की ब्लेंक कॉल देखकर अनुसार उसका नंबर देखने लगा।

''इसकी ऐसे मिसकॉल आकर क्यों कट गयी?'' – उसने पूछा।

''मेरी तबियत ठीक नहीं है, तुम मुझे और इसके बारे में जिक्र करके परेशान कर रहे हो।'' मैंने कहा।

''इसे ब्लॉक करके अच्छा किया।'' कहकर अनुसार ने मुझे अपनी तरफ खींचा तो मैंने झल्लाकर उसे जोर से धक्का दे दिया।

इस बात का अहसास मुझे आखिरी दिन तक हुआ, क्योंकि इस सबको गलती से दिया हुआ धक्का नहीं, बल्कि अपने गाल पर थप्पड़ समझकर अनुसार ने दिल से लगा लिया।

हम इन्सान अक्सर जामनी फूलों से लदे उस पेड़ जैसे हो जाते हैं, जो देखने में खूबसूरती की अबूझ मिसाल है, लेकिन अक्सर कीटाणुओं का जमावड़ा उसे अंदर-अंदर खोखला कर देता है। पता चलता है, जब वो अचानक-अकारण ही नीचे गिर पड़ता है। हमारे पेड़ की वो दीमक, अनुसार का दोस्त धर्मेन्द्र था; उसी काले कीड़े को ये काम सौंपा गया, जिसके चलते विशेष के साथ मिलकर हमारा रिश्ता लगभग खंत्म हो गया।

हम दोनों (विशेष और मैं) अलग-अलग कम्पनी में सेलेक्ट हो गये,

जिसमे विशेष को देहरादून में ही एक छोटी-सी कम्पनी में उसके हिसाब से नौकरी मिल गयी; जबकि मुझे थोड़ी-सी मशक्कत के बाद सही, लेकिन दिल्ली में एक मल्टीनेशनल कम्पनी ने बुला लिया।

''दिल्ली जाकर हवा लग जाएगी तुम्हें।'' खुश होकर अनुसार से बात करी तो उसने कहा।

''तुम ऐसा कैसे कह सकते हो?'' मैं हैरान थी।

''और नहीं तो क्या; तुमने देहरादून में ही ये गुल खिलाये हैं, तो दिल्ली तो और बड़ा शहर है, वहाँ क्या हाल कर सकती हो।'' अनुसार के साफ़ कहने पर मैं यकीन नहीं कर पा रही थी।

''और तुम्हारा वो चाहने वाला, वो कहाँ गोते खायेगा।'' उसने पूछा।

''मेरा उससे कोई मतलब नहीं है, एक साल से समझा रही हूँ।'' मैंने चीख दिया अब।

पता तो होगा ना उसकी जॉब का। अनुसार ने मुझे फिर कुरेदने की कोशिश की।

''देहरादून में ही रहेगा वो; वैसे भी यहीं से है, उसे पास पड़ेगा।'' मैंने मन-ही-मन कुढ़ते हुए कहा।

''मुझे पता था, तुम्हें उसकी जानकारी तो सारी होगी।'' अनुसार ने चिढ़ और घमंड, दोनों के मिले-जुले भाव प्रदर्शित किये।

''मैंने कितनी कोशिश कर ली अनुसार; सब-कुछ करके देख लिया... तुम कब तक मेरा नाम उससे जोड़ते रहोगे?'' मैंने अब दुःखी होकर उससे पूछा।

''इतनी आसानी से कैसे भूल जाऊँ; इतना रोया हूँ, इतनी रातें काली की हैं, सब उसकी वजह से... कैसे भूल सकता हूँ एकदम से।'' अनुसार ने बड़ी आसानी से कहा।

''मैं वहाँ जॉब जरूर करूँगी देख लेना'' मैंने सख्ती से कहकर फोन रख दिया।

शाम को पापा से बात करने का निर्णय लेकर मैं आज पूरी दोपहरी खूब सोयी। किसी अनुसार ने न आज मुझे तंग किया, न मैंने उसको लेकर बेचैनी महसूस की, क्योंकि मैंने सारी मुसीबत की जड़ इस फ़ोन को बंद कर दिया था।

लेकिन हाय ये निगोड़ी मोहब्बत... न जीने देती है, न जहर खाकर मरना ही पूरा डालती है। शाम होते ही अनुसार से भी बात करने का सोचा, लेकिन जॉब नहीं, बल्कि हमारी शादी को लेकर।

''दिल्ली में?'' पापा से फ़ोन पर बताया, तो जैसे भौचक्के से रह गये वो।

''हाँ, पढ़ा-लिखा बच्चा जॉब नहीं करेगा तो क्या करेगा, घुइयाँ छीलेगा क्या?'' मैंने कहा।

''हाँ ये भी सही है, घुइयाँ ही छील लो ना'' पापा ने नहले पर दहला मारा।

''पर क्यों पापा?'' मैं लगभग जल-भुन गयी थी उनसे।

''अब रोटियाँ बनाना सीखो अपनी मम्मी से; लड़का देख रहे हैं तुम्हारे लिए, शादी होगी अब'' उन्होंने कहा।

मैं कुढ़ रही थी। ऐसे कुढ़ रही थी, मानो कटोरे में पड़ा मिर्च का अचार सामने से फफूँदी खा जाए, लेकिन कोई उसकी बेकद्री देख न पाए। यहाँ दोनों तरफ से मेरी बेकद्री हो रही थी। मेरी नौकरी को लेकर सबकी मानसिकता अलग-अलग थी। बात सिर्फ ये थी कि मेरे जीवन के इतने महत्वपूर्ण निर्णय, मुझे छोड़कर और सबके हाथ में होता था। मैं बंद पंछी-सी फड़फड़ाती हुई अपने पिंजरे के आजू-बाजू कोई उम्मीद तलाशती रहती, लेकिन मेरी आज़ादी, अगवा करके मानो मुझे पिंजरे में कैद कर देने का तरीका सबसे आसान था, मेरे अपनों के लिए।

आज शाम बाहर टहलने निकली, पहली बार कानो में बिना इयरफ़ोन लगाये, क्योंकि आज फ़ोन कान पर रखना था। अब बातों की तरह जिन्दगी भी आरामदायक कहाँ रह गयी थी। विशेष ने दूर जाकर नौकरी करने से

पहले एक रात साथ गुजारने का प्लान बनाया था, लेकिन घर से रिश्ते वालों की खबर आ जाने से उसके मुँह पर मानो ताला पड़ गया था। विशेष अब जा चुका था; साथ ही बहुत सारे राज, जिन पर से पर्दा कभी उसके सामने उठा ही नहीं, उन्हें लेकर लेकिन मेरे और अनुसार के बीच बहुत सारी सही और बहुत ही ज्यादा गलतफहमी पनप गयी थीं, जो मेरे लाख कोशिश करने पर भी नहीं दूर हो रही थीं। मैंने घर पर अनुसार के बारे में सब कह दिया था, जैसा कि वो चाहता था।

एक हद तक लड़ी घर में... थोड़ी ज्यादा हद तक भूखी रही, मार खायी, गालियाँ सुनी, कमरे में बंद रही, जगजाहिर ताने अपने सर लिए और आखिर में हार गयी। हार मान लेना मेरे अकेले का निर्णय था, क्योंकि इस सब में अनुसार ने कोई मेहनत नहीं की। उसने करनी नहीं चाही या फिर वो अपने हिस्से का करके थक चुका था, पता नहीं। लेकिन अब मैं उसे मनाने की कोशिश और नहीं कर सकती थी। वो और मैं एक-दूसरे के लिए अपनी तरफ से जितना कर चुके थे, वो आखिरी पड़ाव था... एक आखिरी सच।

''मेरे पास कुछ सामान है जो तुमने दिया था अनुसार; कोरियर कर दूँ या मिलने आओगे मेरे यहाँ?'' मैंने पूछा।

''ठीक है कोशिश करूँगा आने की; काफी दिन भी हो गये हैं।'' उसने कहा।

काफी दिनों बाद आज खुश थी मैं। एक एग्जाम था, जिसके बहाने मैं घर से थोड़ी देर के लिए निकल सकती थी। बस उसी के लिए निकली मैं, एक बैग लेकर, जिसके बारे में शायद मेरे घरवाले भी जान गये थे। उस वक्त नहीं तो बैग के जाने के बाद। मुझसे पूछा गया, इस बैग पर छोटा- सा ताला क्यों है?

''सामान है मेरा कुछ, दिख नहीं रहा।'' मैंने आँखें तरेरकर पापा से कहा।

''क्या है ऐसा?'' – उन्होंने उसे खोलना चाहा तो मैंने उसको हटा लिया।

न जाने क्या सोचकर उन्होंने उस दिन न मुझे कोठरी में बंद किया और न ही मारा... एग्जाम भी देने जाने दिया गया, मानो कायनात भी हमारी ये आखिरी मुलाकात चाहती हो।

गहरे बैंगनी रंग का बैग, जिसमें वो सफेद रंग का अनछुआ-सा टेडीबियर था, जो पहली मुलाकात में अनुसार ने मुझे दिलाया था। वो मोहब्बत की स्याही से रँगी हल्के हरे रंग की डायरी, जिसका हर एक पन्ना मीठी खुशबू नहीं, बल्कि प्यार की महक से खुद में सराबोर था। कुछ मूवी के टिकट्स जो हमने आज तक साथ में देखी थी। वो चिट्ठी, वो राउंड कपल, वो चूँ- चूँ करके बजने वाला लाल रंग का कार्टून का छल्ला, जिसके गले पर गोल्डन धागा बँधा था। एक नोकिया का मोबाइल फ़ोन और उसका चार्जर, जो तुमने मुझे दिलवाया था मेरे जिद करने पर, जब मेरा फ़ोन अक्सर बिजी आने लगा था। ये सब लेकर मैं पहुँची थी उस जगह, जहाँ हम मिलने वाले थे। तुमने आज भी मुझे पिछले कुछ बार की तरह चॉकलेट नहीं दी थी, न दिलाई थी, क्यूँकि हमारे रिश्ते से अब मिठास जा चुकी थी... हमसे रूठकर नहीं; मुझसे रूठकर।

साथ में पिक्चर देखकर हमने अपनी जिन्दगी की वो आखिरी किस की थी... वो शहद में डूबी मक्खी जैसे रस पर भिनभिनाते किसी अचूक दवा जैसी किस, जो मेरे लिए उस वक्त की संजीवनी थी... वो आखिरी बूटी; जिसके सहारे मैं अपनी आगे की पूरी जिन्दगी तुम्हारी याद में काट सकती थी। तब हम जानते भी नहीं थे कि ये आखिरी है। शायद तुम ये न जानते हो। हाँ मैं मानूँगी... मैं ये समझ रही थी कि ये आखिरी है, तभी तो मैंने तुम्हें छोड़ा ही नहीं था। उस किस के बहाने तुम्हे मेरी बाँहों से खुद को छुड़ाना पड़ा था। मुझे तुम्ही ने दूर कर दिया था खुद से। झेल नहीं पा रहे थे न और।

“तुम्हें कोई कहानी भी सुनानी थी ना लेखक महोदय!” मैंने मूवी खत्म होने के बाद पूछा।

“हाँ, सोचा है कुछ... सोचता हूँ एक किताब लिखूँ?” उसने कहा तो उस पर गर्व हुआ मुझे।

“अच्छा, बहुत खूब, किस थीम पर सोचा है।” मैंने उत्सुकता से

पूछा।

''चाँद की दुनिया के बारे में एक कहानी है।'' उसने कहा।

''वैसे तो एक महोदय और एक महोदया हैं, जिन्हें मैंने इसके बारे में बताया तो बहुत खुश हुए दोनों ही सुनकर; तुम्हे भी सुनाता हूँ, बताना कैसी है।'' उसने कहा।

जवाब में मैंने कुछ नहीं कहा। बस वो कहानी सुनाता गया और किरदार गढ़ता गया। मैं किसी अनपढ़ गँवार-सी बिना कोई प्रतिक्रिया दिए, शून्य होकर सुनती गयी।

''कहानी बहुत अलग और बढ़िया है।'' मैंने चहककर कहा।

''हाँ, बाकी सबने भी यही कहा... बस इसी को लिखने की सोच रहा हूँ।'' उसने कुछ सोचते हुए बताया।

''बहुत बढ़िया है; तब तो खूब प्रसिद्ध हो जाओगे तुम... सारी दुनिया तुम्हारा नाम जानेगी।'' मैंने अचरज से उसकी आँखें पढ़कर बोला।

''जैसा ईश्वर चाहें; मैं किसी को खुश करने के लिए नहीं, अपनी संतुष्टि के लिए लिखना चाहता हूँ... उसमें एक परियों की कहानी भी होगी, जिसकी खूबसूरती को बताने की प्रेरणा मुझे तुमसे मिली है, मैं तुम्हें उसमें अदाकारा लूँगा।'' अनुसार ने मेरी तरफ देखकर कहा।

''क्या वाकई?'' मुझे मानो यकीन नहीं हुआ। ''मुझे!'' मैं जैसे बरसों बाद दिल-ही-दिल में मुस्कराई थी।

''चलो तुम्हें तुम्हारे घर के बाहर तक छोड़ दूँ; ऐसा करने से कुछ वक्त तुम्हारे साथ और मिल जाएगा, फिर न जाने कब मिलें।'' उसने बस स्टैंड पर पहुँचकर, ट्रैफिक के शोर में भी एक चुप्पी भरी आह कर दी थी।

''मेरे तुम्हारे पास लौटने तक मेरे सामान को हिफाजत से रखना।'' मैंने कहा।

हम रास्ते भर फ्रूटी और चिप्स के सहारे बातों की गुलामी करते बस से उतर गये। जरा सा रास्ता उस दिन बीतना, सदियों-सा हो गया पापा के

कॉल के चलते, जिन्हें ये फ़िक्र थी, कहीं मैं घर छोड़कर न भाग गयी होऊँ।

रेलवे स्टेशन पर शुरू हुई ये प्रेम कहानी, आज एक छोटे-से बस-टैक्सी स्टैंड पर मुझसे मुँह मोड़े आगे बढ़ रही थी और मैं हालात की मारी असहाय-सी उसे दूर तक जाते देखती रही। आँसू अंदर ही सूखकर जम गये और दिल में कुछ फट से जाने का अहसास मुझे कचोटकर चला गया। फिर मिलते हैं; कहकर अनुसार रवाना हो गया; लेकिन मैं ये जानती थी कि शायद ये हमारी आखिरी मुलाकात हो। इसके बाद कभी अगर अनजाने में हम कभी किसी रेलवे स्टेशन पर टकराए भी, तो न वक्त ये होगा न हम वो होंगे। उस दिन अनुसार के साथ उसका दिया सामान ही नहीं, वो खुद विदा हो गया था। अपनी सारी यादें अपने साथ बटोरकर ले गया वो, जिसका अफ़सोस मुझे ताउम्र सालता रहेगा। एक टीस, कि उसे उसी की निशानियाँ लौटा कैसे दी मैंने... शायद इस भ्रम में, कि एक दिन कहीं अनुसार जब मिल जाएगा, तो मेरी चीज़ें उसके पास रखी मेरा इंतजार कर रही होंगी।

वापस उसी नर्क में आ जाने का मतलब कुछ जेहनों में सन्नाटा पड़ जाना था, जिनमें मेरे घर से बाहर पैर रखने से हलचल मची हुई थी।

उसके बाद चीजों में न जाने कैसे और कब बदलाव आने शुरू हुए और आते चले गये। अनुसार के लिए कुछ दिनों से टी-20 मैच की सीरीज जरूरी हो गयी और मेरे हिस्से में अब बेरुखी आने लग गयी।

चीज़ें बहुत आसान हो जाती हैं, अगर तुम्हारा साथी तुम्हें तुम्हारे तरीके से समझे या फिर समझा सके। वहीं उनका मुश्किल होना, जाहिराना तौर पर तय हो जाता है, जब सामने वाला सब-कुछ जानते समझते उन्ही बातों को दोहराए... आपसे पीछा छुड़ाने के लिए। ये दिन अब उसी चिड़िया की चूँ-चूँ जैसे होते जा रहे थे, जो दिन-रात भूखी, खाने की तलाश में चिल्लाती चीख मारती यहाँ-वहाँ डोलती है।

"तुम्हारे पास मेरे लिए 10 मिनट भी नहीं होते हैं सारे दिन में।" अचानक मैं आज में लौट आई जहाँ से मैंने शुरू किया था।

"मुझे काम होते हैं, तुम्हारी तरह खाली नहीं हूँ सारा दिन।" अनुसार ने कुछ देर बाद 2 लाइन में रिप्लाई किया।

"हाँ, मेरी जरूरत तुम्हें अब नहीं रही है अनुसार; तुम इतना बदल गये हो।"मैंने कहा।

"मेरे माँ बाप, मेरे भाई भाभी, मेरा भांजा, मेरी बहन सब मुझसे खुश हैं, संतुष्ट हैं; तुम्हे मैं न कभी खुश कर पाया और न कर पाऊँगा... और सच कहूँ तो मैं अब करना चाहता भी नहीं।" उसने कहा।

"मैंने कितना मनाया तुम्हें, तुम पर कभी कोई फर्क पड़ा है; इतने में तो पत्थर भी पिघल जाए।" मैंने बहस जारी रखी।

"क्योंकि तुम्हारी बातें मुझे परेशान करती हैं; तुम बोझिल हो... मेरी कमियाँ निकालने वाली वो लड़की, जो खुद कमियों का एक पुतला है।" अनुसार झल्ला पड़ा और फ़ोन बंद कर दिया।

ये आखिरी बार था।

मैं अब समझ चुकी थी कि अब अनुसार मेरा जरा भी नहीं रहा। वजह यही थी, या जो भी... अब मैं जानना नहीं चाहती थी। शायद मेरी सजा अब पूरी हो चुकी थी, इसलिए अब मुक्ति का वक्त आ गया था। मैंने अब निश्चय कर लिया था, अनुसार की जिन्दगी में कभी वापस लौटकर न जाने का। जिसके लिए मैंने सब-कुछ सहा - मार पिटाई, जिल्लत, ताने, गालियाँ, भूख, अँधेरी कोठरी का डर, जहाँ चूहे हर वक्त मुझ पर चढ़े रहते... सब-कुछ। वो इस कदर नाराज़ हो जाएगा, ये सोच पाने से आसान मेरे लिए मौत थी, जो जाहिराना तौर पर इस जिन्दगी से... इससे खूबसूरत ही होती। लेकिन मैंने वक्त और हालात के आगे घुटने टेक दिए; अपने तरीके से, अपनी जिन्दगी पूरी तरह दूसरी शर्तों पर सौंप दी। अपने मन की तो करके देख चुकी थी, अब बारी अपनों के मन की करके देखने की थी।

अनुसार के लिए मैं उस कुत्ते के जैसी थी, जिससे उसकी एक वक्त पर भावनाएँ जुड़ी थीं... उसके साथ उसने एक लम्बा अच्छा वक्त तो गुजारा था, लेकिन उसी को काटकर अपनी बेवफाई का एकबारगी यकीन करा दिया था। अब अनुसार कभी मुझे मेरी लाख कोशिशों के बावजूद, वैसे नहीं अपनाने वाला था।

मैं जैसा चाहती थी वैसा इस मोहब्बत में नहीं हुआ। मैं पहले दिन से चाहती थी, ये प्यार सिर्फ मुस्कान दे हम दोनों के चेहरे पर... साथ हैं तब भी, नहीं हैं तब भी; लेकिन वैसा कुछ नहीं हुआ, पहिया सिर्फ उल्टा ही चला। इस मोहब्बत ने हम दोनों को ही आँसू दिए... पहले अनुसार को मेरे धोखे ने और फिर मुझे, मेरे अनुसार के मेरे साथ होकर भी साथ न होने ने। हम दोनों कभी एक साथ, तो कभी अलग-अलग वक़्त पर रोये, लेकिन शायद एक दूसरे की आवाज़ कभी सुन नहीं पाए। सुन पाते... काश हम सुन पाते, तो एक बार फिर रूठना-मनाना, एक खेल जैसा हो जाता। अनुसार को एक बार फिर उसकी खोयी हुई लिटिल प्रिंसेज मिल जाती और मुझे मेरी आत्मा, मेरी प्रेरणा, मेरा अनुसार...

कहते हैं जब कुछ सही न चल रहा हो, सोचने-समझने की शक्ति खत्म होने लगे, तो फैसला आने वाले वक़्त के हाथों में दे देना चाहिए। मैंने वही करने की ठान ली थी।

"एक नया रिश्ता है सुरमा।" माँ ने फोटो देखने बुलाया तो मन मारकर भी मुस्कराते हुए फोटो लेने के लिए हाथ आगे बढ़ाया मैंने।

अब सवेरे की नई चमकीली बदली के पीछे छुपी, अपने आँचल में मुँह छुपाकर शरमाने में लगी किरण के साथ आज की सुरमई भोर अब दिखने लगी थी।

वो चंद पल वीराने में क्या गुजारे
कुछ तुम कुछ हम फिर अजनबी हो गये।

www.ingramcontent.com/pod-product-compliance
Lightning Source LLC
LaVergne TN
LVHW041711190726
843493LV00007B/2036